dtv

Am Anfang steht der Stillstand. Johannes Wenger, ein achtzigjähriger alleinstehender Architekt, ist gestürzt und seither auf den Rollstuhl und Pflege angewiesen. Das macht den Alltag mühsam und lässt viel Raum für Einsamkeit und Melancholie. Sein junger Hausarzt Dr. Mailänder holt ihn zurück in die Welt und lädt ihn mit seiner Familie zu einem gemeinsamen Osterurlaub ein. Was alles geschehen kann, wenn man mit einem kauzigen Rollstuhlfahrer an den Strand von Travemünde reist, hat man sich so nicht vorstellen können. Mit viel Gefühl nimmt Härtling seine Leser mit in die Mühsal des Alters und zeigt, welch großes Glückspotenzial diese Lebensphase besitzt.

Peter Härtling, geboren 1933 in Chemnitz, war zunächst Redakteur bei Zeitungen und Zeitschriften. 1967 wurde er Cheflektor des S. Fischer Verlages in Frankfurt am Main und später Sprecher der Geschäftsführung. Seit 1974 arbeitete er als freier Schriftsteller. Zuletzt erschienen ›Liebste Fenchel! Das Leben der Fanny Hensel-Mendelssohn in Etüden und Intermezzi‹, ›Verdi‹ und ›Tage mit Echo. Zwei Erzählungen‹. Peter Härtling wurde mit zahlreichen Preisen ausgezeichnet, zuletzt mit dem Hessischen Kulturpreis 2014 und dem Elisabeth-Langgässer-Preis 2015. Peter Härtling verstarb am 10. Juli 2017. Fast das gesamte erzählerische Werk von Peter Härtling ist bei dtv lieferbar.

Peter Härtling

Der Gedankenspieler

Roman

Ausführliche Informationen über
unsere Autoren und Bücher
www.dtv.de

2019 dtv Verlagsgesellschaft mbH & Co. KG, München
Lizenzausgabe mit Genehmigung des Verlags Kiepenheuer & Witsch
© 2018 Verlag Kiepenheuer & Witsch, Köln
Umschlaggestaltung: nach einem Entwurf von Rudolf Linn, Köln
unter Verwendung eines Motives von Fotolia
Satz: C.H.Beck.Media.Solutions, Nördlingen
(Satz nach einer Vorlage von Kiepenheuer & Witsch)
Druck und Bindung: Druckerei C.H.Beck, Nördlingen
Gedruckt auf säurefreiem, chlorfrei gebleichtem Papier
Printed in Germany · ISBN 978-3-423-14718-7

1.

Die Summa Summarum des Alters ist
eigentlich niemals erquicklich.

Goethe am 21.12.1798 an
Friedrich Constantin von Stein

Ist da jemand?, fragte er, horchte in die Wohnung, sackte auf dem Schreibtischstuhl wieder zusammen. Wie so oft hatte das Parkett im Flur geknarzt. Manchmal, wenn die Stille übermächtig wurde, hatte er den Eindruck, sein Bewusstsein dehne sich aus und ströme wie Gas in die Zimmer, fülle die ganze Wohnung.

Kein Mensch, antwortete er und überlegte, wie viele Personen den Schlüssel zu seiner Wohnung besaßen. Die Schlüsselliste, sagte er sich. Aus dem Tischkalender zog er einen Zettel; fünf Schlüssel hatte er ausgegeben: an die Hilfstruppe des Diakonischen Werks, an Wagner, den seit Langem abwesenden Freund, an Frau Gutzsche, die Mitbewohnerin aus dem vierten Stock, alt und hinfällig wie er, und an seinen Hausarzt und Freund Jonathan Mailänder.

Seit zwei Monaten saß er fest, war er zu Hause gefangen. Ein lächerlicher Unfall war der Grund. Er war von einem Spaziergang zurückgekommen, hatte das Haus betreten, war auf den Lift zugegangen und rutschte auf einer schmierigen Masse, einem ekelhaften Überrest aus. Er geriet, sich aufrecht haltend, in einen an seinem Rumpf reißenden Spagat, aber mit zwei, drei Schritten gelang es ihm, den Sturz zu vermeiden. Einen stechenden Schmerz in der Leistengegend nahm er als Schlusspunkt wahr. Erst einige Stunden danach nahmen die Schmerzen zu, griffen auf das linke Bein über, das eigentümlich schwer wurde, eine bleierne Last. Er konnte nicht mehr aufstehen und gehen. Da er am Schreibtisch saß, das Telefon zur Hand war, rief er seinen Freund Mailänder an, schilderte das Malheur, die Schmerzen und schämte sich seines Jammers.

Er musste nicht lange warten. Mailänder kam, er hörte ihn im Flur rufen.

Ich bin im Arbeitszimmer, antwortete er und versuchte mühsam, sich aufzurichten.

Bleib sitzen!, bat ihn Mailänder. In diesem Moment, erinnerte er sich jetzt, hatte das Elend begonnen: angewiesen zu sein auf die Hilfe anderer, auf ihre Anweisungen.

Kannst du gehen?

Nein, das siehst du ja.

Ich sehe nichts.

Eben. Er hätte schreien können.

Mailänder telefonierte und wenig später stürmten Sanitäter in das Zimmer. Sie transportierten ihn in einem klinischen Sessel im Lift hinunter, schoben ihn in den Rettungswagen. Mailänder stieg mit ein, debattierte mit den Sanitätern.

Du musst nicht mitkommen.

Ich möchte wissen, was mit dir los ist.

Das über die Schlaglöcher rüttelnde Auto verstärkte die Schmerzen. Er stöhnte, jammerte.

Der Notarzt gab ihm eine Spritze, sie beruhigte, sie machte ihn schläfrig, gleichgültig.

Möglicherweise ein Beckenbruch, hörte er Mailänder.

Er hätte ihm widersprechen können, aber es fehlte ihm der Schwung.

Er ist dreiundachtzig.

Was fällt ihm ein, für mich Auskunft zu geben?, dachte er und fand den Gedanken albern.

Mit einem kleinen Luftwirbel entfernte sich Mailänder: Ich verschwinde erst einmal, bleibe aber mit den Kollegen hier in Verbindung.

Er starrte auf den leeren, ans Bett geschobenen Stuhl. Ist gut. Er wusste nicht, weshalb er etwas gut fand.

Mit dem Bett wurde er zur Tomografie gefahren und von zwei freundlichen Frauen in die Röhre geschoben. Leiden Sie unter Klaustrophobie?, fragte die eine. Er gab sich Mühe, gelassen zu bleiben. Meinen Sie Röhrenangst?

Das Mädchen lachte. Er fuhr in die Röhre.

Es wurde angesagt, wie er zu atmen habe. Einen Moment lag er still und lauschte auf das arhythmische Knallen der Magneten. Sein Körper fühlte sich an wie von jemandem anderen gedacht.

Er wurde von der glatten Liege der Röhre auf das Bett gehievt – eine lästige Last. Der Helfer, der ihn in seinem Bett durch die endlosen Krankenhausgänge schob, ein paarmal die Aufzüge wechselte, kam aus Eritrea. Er fragte ihn gleichsam Station für Station, ob es ihm besser gehe.

Besser als gut?, fragte er zurück. Da der Eritreer ihn offenbar nicht verstand und schwieg, schämte er sich dieser schnellen Gegenfrage. Er wird annehmen, ich sei arrogant. Aber ich kann überhaupt nicht so denken.

Mailänder hatte dafür gesorgt, dass er als Privatpatient ein Einzelzimmer bekam, mit kleinem Balkon zum Innenhof und einem riesigen Flachbildschirm an der Wand gegenüber dem Bett. Die Schwester, die ihn nach seiner Rückkehr aus der Röhre in Empfang nahm, kündigte für den Nachmittag eine außerordentliche Visite an. Der Herr Professor werde ihm das Ergebnis der Computertomografie erklären. Und wie es mit ihm weitergehen solle.

Das frage ich mich auch.

Sie kicherte und verließ kopfschüttelnd das Zimmer. Er lag, musterte die Zimmerdecke, und es gelang ihm beinahe wieder, sich aus seinem Körper zu entfernen, wären die Schmerzen nicht gewesen, die sich wütend aus der Leiste hinunter ins Bein drängten. Als er es heben wollte, war es steif und bleischwer. Er rief mit der Klingel nach der Schwester und bat um ein Schmerzmittel.

Am späten Nachmittag befand er sich gleichgültig am Rand des Schlafs. Dann gab es die angekündigte Visite. Mailänder und der Chefarzt, Professor Worm, traten auf. Ein gewagtes Doppel: der kompakte, eher unauffällige Mailänder und der große, spindelähnlich seine Ausführungen mit Gesten unterstreichende Worm. Er habe schon viel über ihn vom Kollegen Mailänder gehört.

Außerdem lese er seine Aufsätze und höre seine Kommentare im Radio. Ich bedaure, Sie unter diesen Umständen kennenzulernen, Herr Wenger.

Mailänder begleitete die Begrüßung mit einem verlegenen Hüsteln und begann, als Worm Atem holte: Kollege Worm weiß, welchen Grund oder welche falsche Bewegung es für dieses blutige Malheur gab, und der setzte fort, indem er eine Computeraufnahme aus der Mappe zog, sich ein wenig schüttelte, mit dem durchscheinenden Blatt wedelte: Da können Sie sehen, rief er, obwohl sein Patient nichts sehen konnte, dieser schwarze Klumpen – nun sah er ihn auch – ist geronnenes Blut. Wahrscheinlich haben Sie mit der jähen Bewegung, an die Sie sich zu erinnern glauben, den Psoas Major verletzt, der blutete ein und verschwand in diesem Klumpen. Der wiederum drückt samt gereiztem und auch entzündetem Muskel auf das Bein, quält Nerven und Adern und macht das Bein schwer.

Wenger stemmte sich hoch auf das Kopfkissen: Und? Womit er Therapie oder Operation meinte.

Mailänder übernahm jetzt die Rolle des Auskunftgebers: Professor Worm rät als Chirurg ab. Er weiß nämlich über deinen angeschlagenen Zustand Bescheid: zwei Infarkte, vier Stents, ein Schlaganfall, Diabetes. Lauter Übertreibungen, mein Lieber. Eine Operation wäre allzu riskant. Wir raten zu Geduld und physiotherapeutischer Behandlung.

Was verstehst du unter Geduld?

Der Blutklumpen löst sich mit der Zeit auf, und das Bein wird beweglich.

Sie wussten nicht sich und nicht ihm zu helfen. Und wie befristet ist meine Geduld?

Zwei oder drei Monate.

Wäre da nicht eine Operation hilfreicher?

Das Nein kam zweistimmig.

Der Professor verabschiedete sich.

Mailänder zog einen Stuhl ans Bett. Ich habe Zeit. Es ist Mittwoch. Die Praxis ist am Nachmittag geschlossen. Er strich sich mit dem Zeigefinger über die Oberlippe: Wir müssen uns überlegen, wie du zu Hause zurechtkommst. Wer dir hilft.

Ich helfe mir selber, und es könnte ja eine zeitweilige Hilfe engagiert werden.

So geht das nicht, mein Lieber. Du kannst ein paar Wochen lang nicht gehen.

Wer weiß das?

Ich, das sagt mir meine Erfahrung.

Ihr Mediziner beruft euch, in die Enge gedrängt, gern auf die Erfahrung. Ist dir das womöglich aufgefallen?

Wenger wälzte sich so, dass er mit dem Gesicht zur Wand lag. Auf diese Weise entging er den Fragen der Schwester, die eben ins Zimmer kam, und dem mürrischen Abschied seines Freundes. Er redete lautlos mit sich, leise, leise, schwebte wieder in dieser Blase von erwartetem Schmerz und zufriedener Entrückung.

Langsam, sonderbar gegen sich selbst, stand er auf. Das Bett schaukelte neben ihm oder er schwankte. Ich bin elend allein, dachte er. Ich lebe menschenlos. Was Mailänder auch immer von mir denkt, ich muss mich ihm erklären.

Nach einem knappen Klopfen erschien eine der Schwestern, um seinen Zucker zu prüfen.

Aus Zucker bin ich nicht. Solche albernen Sätze fielen ihm ein, sprangen ungebeten in sein Bewusstsein.

Welchen Finger?, fragte sie.

Wählen Sie, gab er zur Antwort und ihr die Hand. Er sah, wie der Himmel hinterm Fenster rosa wurde, und hörte die Sirene eines Rettungswagens. Die Schwester gab sich Mühe, ihn den Stich in die Fingerkuppe nicht merken zu lassen. Er wartete mit ihr, bis das Messgerät Auskunft gab. Hundertvierzig, sagte sie, wir müssen nicht spritzen. Wir, sagte sie und bezog ihn in die Therapie ein. Dieses Krankenhaus-Wir.

Wir können jetzt schlafen, sagte er sich.

Sie haben Zeit, bis der Herr Professor kommt, sagte sie.

Ich kann ja nicht davonrennen.

Er nickte ihr hinterher. Auf einmal befand er sich wieder im Vakuum. Kein Geräusch. Kein Besuch. Nur am Rand des Bewusstseins der Schmerz und der hechelnde Atem in der Brust. Er sollte sich Mailänder erklären, ihm einen Brief schicken. Er drückte den Kopf ins Kissen, schloss die Augen und schrieb in Gedanken:

Hallo, Mailänder, mein Hausarzt, später Freund und Behüter.

Du fragst Dich und mich, wie ich so geworden bin, meinen momentanen Zustand erreicht habe, als notorischer Einzelgänger, Einsamkeitsverkoster, einer, der Häuser gebaut hat und unbehaust blieb, einer, der schreibt und von allen guten Geistern verlassen ist, einer, der verschwinden möchte, der es genießt, immerhin mit Einschränkungen da zu sein. Als Kind war ich spillerig, dünn, wurde als Schwächling verspottet, doch in der Schule legte ich los, spielte eine andere Kraft aus, nicht die der Muskeln, sondern die des Hirns, für die wurde ich simultan verprügelt von den Mitschülern und von den Lehrern, am Ende gab ich auf, ein unordentlicher Nachkriegsgymnasiast. In einem Architekturbüro in Stuttgart, dem Büro des weltberühmten Baumeisters Behnisch, bekam ich eine kaum sichtbare Stelle als Bote, Zuträger, Hilfsarbeiter. In den Pausen besuchte ich die Buchhandlung Eggert, trank dort Kaffee und unterhielt mich mit Leuten, die es sonst vermieden, sich mit mir zu unterhalten. Ich hatte so gut wie keinen Kontakt mit den Kollegen und Kolleginnen im Büro, und ich merkte nicht, mein Doktor Mailänder, dass ich ständig für mich reagierte, Partei nahm und dissozial wurde, krank, ja, krank, aber noch lange nicht krankenhausreif. Wenn nach jemandem im Büro gerufen wurde, dann war ich es, der Bürodepp. Was mit dem Kerl anfangen, fragte sich vermutlich mein Arbeitgeber.

Eben hat der Pfleger Dennis mich unterbrochen, eine hartnäckige Pflegeerscheinung, die dafür sorgt, dass ich rechtzeitig meinen Finger hinhalte. Welchen bitte?

Mein Stuttgarter Arbeitgeber, auf den ich zurückkomme, hielt mich dazu an, nein, schlug mir vor, Pro-

jekte zu beschreiben. Das gefiel mir. Mit Sätzen planen, mit Wörtern bauen. Ich fand mich dafür begabt. Also bekam ich meinen eigenen Schreibtisch und war gefragt. Meine Schriften, eine Beschreibung von Häusern und Stadträumen, fanden Anklang bei Fachleuten, sie wurden nachgedruckt, und bald baten mich Fachzeitschriften um Beiträge. Mein Chef war zufrieden mit mir.

Nichts folgt, Mailänder, worauf Du gespannt bist, keine große Liebe, keine Partnerin, die es gab, niemanden. Ich nahm an, ich sei schwul, und war wiederum überrascht, dass ich mich mit niemandem einließ. Ich verschwand nach Groningen, wo ich an der Universität als Zeichenlehrer eine Stelle angeboten bekam, ein Appartement im Studentenwohnheim hatte, eine Schweigehöhle, Ausgangspunkt für Spaziergänge durch die Stadt, am Meer entlang.

Merkst Du erst für Dich, dass Du älter wirst? Ich merkte es nicht. Ich erwarb mir im Lauf der Jahre ein Bewusstsein, das sich der Veränderung widersetzte. Allerdings litt ich zunehmend an der sich steigernden Dummheit und Mordlust in der Welt. Der Dschihad tat seine Wirkung und stärkte mein Misstrauen gegen jeden.

Eben besuchte mich der Professor. Er hat eine eigentümliche Methode, mich aus meinem Heilschlaf zu reißen: Er räuspert sich drei Mal, immer genau drei Mal, dann flüstert er zischend meinen Namen. So sticht er tief in meinen Schlaf. Er wolle mir mitteilen, dass ich morgen entlassen werde. Entlassen – so als sei ich in meiner Krankheit gefangen. Stimmt ja auch.

Diesen Brief schicke ich nicht ab, Mailänder. Jetzt rufe ich Dich an und bitte Dich, mich aufzufangen, einen alten Mann, der nicht unschuldig ist an seinem Elend.

Er müsse auf den Arztbrief warten, erklärte ihm am Morgen die Schwester. Aber sein Arzt, der Herr Doktor Mailänder, werde mit ihm warten, also könne sich der Professor Zeit lassen für seine Erklärungen. Der Professor selbst schreibe nicht. Also mit Genehmigung des Professors der Oberarzt.

Er brachte, was er mit Genugtuung feststellte, die harsche Dame zum Seufzen. Sie verschwand wiederum und machte dem Team mit der Sitzwaage und dem Frühstück Platz.

Er wartete auf Mailänder, schämte sich seiner Ungeduld. Ich müsste mich kontrollieren, sagte er dem Zimmer. Mailänder hatte seine Praxis, und er konnte die Patienten nicht nur seinem Kompagnon überlassen, bloß weil er einen allzu alten Freund aufgegabelt hatte und sich nun aus Anstand um ihn kümmern musste. Aus Anstand! Ihm fiel ein – es musste ihm jetzt einfallen –, wie sie sich kennengelernt hatten. Ihm war im Supermarkt schwindelig geworden und er war zwischen die Regale gefallen. Ein junger Mann hob ihn mit einem erstaunlich gekonnten Griff auf, fragte, ob er ihn nach Hause bringen oder ein Taxi rufen solle. Er entschied sich in undeutlicher Sprache für die Begleitung.

Der Mann brachte ihn nach Hause, ging ganz selbstverständlich mit in die Wohnung, fragte nach dem Schlafzimmer, half ihm beim Ausziehen und erwiderte lachend auf seine Bitte, doch einen Arzt zu rufen: Der bin ich.

Er fragte sich, warum er sich ihm anvertraute. Bin ich schwul?, fragte er sich von Neuem. Ist mir alles egal?, fragte er sich. Er ist mir geschickt worden, sagte er sich an einem der Abende nach seiner Heimkehr, ein Schutzengel, getarnt als Arzt, als mein möglicher zukünftiger Arzt.

Mailänder nahm die Rolle an, ging in ihr auf. Nun regelte er die Heimkehr seines alten Freundes, bestellte den Pflegedienst, Einrichtungsgegenstände für Hinfällige, zum Beispiel zwei Rollatoren, einen für drin, einen für draußen, den Rollstuhl, den roten Knopf, der an einem Armband befestigt war und mit dem er auf Druck die Johanniter rufen konnte. Er hielt fast alles für demütigend und lächerlich.

Er saß am Bettrand und wartete darauf, angezogen zu werden. Und was geschieht, wenn jemand klingelt, wer öffnet ihm?, fragte er sich, und in einem Atemzug setzte er fort: Du kannst dir gar nicht vorstellen, Mailänder, wie ich als junger Mann Vespa gefahren bin, oftmals waghalsig auf rutschigem Kopfsteinpflaster.

Mailänder musterte ihn lächelnd. Wie kommst du darauf?

Eben so, manchmal schießen Bilder in mein Bewusstsein, wie kurz vorm Sterben.

Quatsch.

Er wusste, dass er mit solchen Bemerkungen Mailänder verdross.

Ein offensichtlich schwerer blauer Eisenkanister wurde von einem jungen Mann, den er nicht kannte, ins Schlafzimmer gerollt.

Er beugte sich in seinem Stuhl nach vorn und verfolgte interessiert, die Hände gefaltet, was geschah. Ist das eine Bombe, fragte er, für den Fall, dass sich meine Geschichte zu lange hinzieht?

Mailänder antwortete ruhig, ohne sich von ihm provozieren zu lassen: Es ist ein Sauerstoffgerät. Du brauchst es.

Ich brauche es. Alles, was ihr hier reinschleppt, brauche ich. Damit ich nicht allein bin. Ich setze eine Industrie in Bewegung. Manufakturen von Rollatoren, Rollstühlen, Badewannenliften, Sauerstoffgeräten, Masken, ein Bett mit Galgen, Damen aus der Pflegestation, einen Arzt, der zum Glück beschloss, mir Freund zu sein.

Hör auf!

Ja, und die Verbände, die Windelhosen, die Insulinpens, die Tablettenhäufchen! Das alles auch. Hast du im Tagebuch des großen Kertész gelesen, dass er sich ärgerte über die impulsiven Urinstöße, wenn er das Wasser nicht mehr halten konnte, in die Hose pinkelte. Er besaß die Größe, diese Kleinkinderschwäche öffentlich zu machen, ein alter Dichter!

Er holte Luft. Zu seiner Überraschung meuterten die Bronchien. Ich rattere mal wieder, stellte er fest.

Mailänder war mit einem Sprung bei ihm, legte den

Kopf lauschend an seinen Rücken. Man hört nichts. Eine vorübergehende Störung.

Er schloss die Augen, hörte in sich hinein und spürte die Leere wieder, die Gleichgültigkeit. So könnte ich anfangen zu sterben, sagte er und fügte hinzu: Ich bin müde.

Versuch zu schlafen, riet Mailänder.

Das muss ich nicht.

Schlafen?, fragte Mailänder verblüfft.

Nein, es versuchen. Diese Müdigkeit vergiftet mich. Er könne einen wütenden und eine halbe Ewigkeit dauernden Vortrag über Müdigkeit halten, über den Zustand, der vor dem Leben schützt, zugleich auch aus ihm hinausführt, dieses Gas aus dem Unterbewusstsein.

Unsinn.

Er wälzte sich zur Seite und ging auf Reisen.

Seit dem Klinikaufenthalt nach dem Schlaganfall schlief er, wie er dem Stationsarzt zu seinem Schreck erklärte, auf der Strecke zwischen Ohnmacht und Tod. Er versank auf den Grund des Schlafs. Da gab es so gut wie keine normalen Träume, sondern verrückte Bruchstücke. Er stand etwa in einer Reihe mit (alten) Männern an einer Wand und spürte, dass der Stein seinen Körper aufnahm, den Rücken einschloss. Er konnte sich nicht mehr bewegen. Die Männer neben ihm versuchten ebenfalls loszukommen. Auf einem Motorrad fuhr ein bärtiger Terrorist vorbei, schwenkte eine Fahne, auf der stand: »Ihr werdet geschlachtet.« Kaum hatte er den Satz gelesen, kippte die Mauer nach hinten und er lag in einer Reihe von alten Männern, die sich ächzend aufrichteten wie er. Im nächsten Abschnitt, nachdem er auf der Toilette gewesen war, sah er die Mauer aus großer Ferne. Er lief mit den anderen auf sie zu, wie von einem Magnet angezogen. Er wachte nicht auf, nein, er schoss ins Vorhandensein. Das führte zu Irritationen, zu skurrilen Reaktionen.

Er war allein. Mailänder hatte sich für den ganzen Tag verabschiedet, der geordnet war durch die Besuche der Helfer und Helferinnen. Sie hatten Schlüssel zur Wohnung. Sie schlichen sich entweder an oder alarmierten ihn mit einem Gruß. Die Morgenwäscherinnen, die abwechselten, mal die Feinsinnige, mal die Robuste, die Physiotherapeutin, die Dame mit den didaktisch sprechenden Händen, der junge Mann mit dem Essen auf Rädern und schließlich die Gutenachtfee, die ihn bei der kleinen Wäsche beobachtete, die Tabletten abzählte und ihm die Lantusspritze, das notwendige Insulin für die Nacht, verabreichte. Vierzehn Einheiten, pflegte er zu sagen, zu fordern.

Klar, bestätigte die Dame Tanja, bitte den Bauch frei machen.

Jetzt wird sie die vielen blauen Flecken beklagen, die sie mit ihrem Spieß verursacht hat, dachte er jedes Mal.

Er fragte sie aus, was sie in den Ferien vorhabe.

Sie bleibe mit ihrem Kind zu Hause, gehe an den Badesee und genieße die freie Zeit.

Dann geht es uns ähnlich, stellte er fest und streckte sich.

Sie lachte, schüttelte den Kopf: Nein. Das doch nicht.
Nein?

Das meinen Sie doch nicht im Ernst.

So wie es um mich steht.

Sie verließ ihn mit einem Seufzer: Schlafen Sie gut.

Er fischte sich Fontanes »Stechlin« vom Nachttisch. Seit Tagen las er wieder in dem Buch. Unterhielt sich wach und vor sich hin dämmernd mit Dubslav von Stechlin. Zeit, ihm einen Brief zu schreiben:

Immer wieder, verehrter Herr von Stechlin, habe ich mich in Ihre Gesprächsrunde gestohlen, es gewagt, Ihnen beizustimmen, zu entgegnen, mich auf die Seite Ihres Pfarrers zu schlagen, Woldemar zu applaudieren, Melusine mit Ihnen nachzuerzählen. Ich habe Sie zu Grabe getragen, begleitet von Ihrem Sohn und Ihren Freunden. Nun bin ich Ihnen Jahre voraus, besitze kein Gut, bin nicht preußisch verwurzelt, bin mutterseelenallein, wenn ich in die Grube fahre. Kein Kind wird mir ein Blümchen aufs Grab legen. Da sollten Sie einmal in sich gehen, höre ich Sie sagen. Ich bin es, gebe ich Ihnen und mir zurück. Ich bin nicht nur in mich, ich bin in mir umhergegangen. Sie scheinen das auch gekannt zu haben, Herr Baron, wenn die Tage öder wurden, die Einsamkeit Sie schnürte und das kommode Dasein auf dem Gut nicht mehr half, wenn das Warten auf Woldemar und seine Kumpane zu sehr anstrengte und die Gesprächsrunden mit den Freunden zäh wurden. Ich wäre da, Verehrter, gerne laut geworden, hätte Ihnen den Bismarck ausreden und Ihnen erklären wollen, dass alle Übel, die Sie beklagen, sich im Laufe der nächsten Jahrhunderte furchtbar vergrößern würden, dass der Anstand, auf den Ihre Welt so nachdrücklich Wert legte, dahinschwände in einem widerlichen Knäuel von Neid, Besserwissen und Mordlaune. Sie, Verehrter, zählen zu einer verschwundenen Herrenart, den Junkern. Aber Ihr Wissen entfernte sich weit von denen. Sie kannten keine Anmaßung, haben sich nicht aufgeblasen, traten und trieben nicht andere. Sie waren das, was Sie dachten. Wahrscheinlich beneide ich Sie nur um Ihre Melusine, dieses rätselhafte liquide Geschöpf. Sie ist eben dazu gemacht, die Träume alter, einsamer Männer zu bewegen. Pardon – nehmen Sie mir diese Zudringlichkeit nicht übel.

Er schlief ein und schlief den Träumen voraus. Bis das schallende »Guten Morgen« der Pflegerin ihn weckte, an diesem Morgen eine junge Frau, die ihre Energie an ihm auszuprobieren dachte, wie er fürchtete.

Er kroch langsam aus dem Bett. Sie sprang ihm bei. »Springt ihm bei« – was für eine treffende Wendung, dachte er, und dachte, warum mir das gerade durch den Kopf geht. Sie schob ihn auf den kleinen Rollstuhl. Er taumelte, strengte sich nicht an, was sie ihm vorwarf. Naja, antwortete er. Während sie ihn ins Bad schob, erklärte sie ihm das Wetter »draußen«. Er musste unbedingt ihre Laune einschwärzen.

Ferien an der See plane ich sowieso.

Ah! Sie reagierte kurz und erstaunt.

Trauen Sie mir das nicht zu?

Sie sind doch krank, Herr Wenger.

Da stimme ich Ihnen aus schwachem Herzen zu, Schwester. Also, auf zur Morgenwäsche.

Wann immer er mit dem Waschlappen traktiert wurde, am Bauch, am Rücken, an den Beinen, im »Intimbereich«, verlor er sich als Subjekt, wurde zum Objekt, ein Gegenstand, der gesäubert wird. Dennoch bemühte er sich, den Gegenstand vergessen zu machen. Wenn die Pflegerin ihm den Rücken wusch, atmete er zufrieden durch.

Tut gut?, fragte die Dame, die ihm für diesen Augenblick nah war.

Jaja.

Warum, fragte er sich jedes Mal während der Prozedur, der die wechselnden Pflegerinnen ihm aussetzten, warum empfinde ich keine Scham mehr? Alt und nackt. Hilflos. Warum begehre ich nicht auf, ziehe ich mich nicht zusammen, wenn die über Jahrzehnte jüngere Frau ankündigt: Jetzt kommt der Poppes dran.

Er starrte in den Spiegel über dem Waschbecken, in dem er sich nur als Schemen erkennen konnte, legte die Hände vors Gesicht.

Ist Ihnen nicht gut, Herr Wenger?

Es könnte mir besser gehen.

Es wird besser, bestimmt.

In solchen Wortwechseln wurden Klage und Trost banal.

Er fuhr sich mit den Händen durch die Haare.

Ich bringe Sie in Ihr Zimmer zum Ankleiden.
Bringen Sie.
Die Dame zog ihn an.
Die Arme heben für die Ärmel.
Er tat's.
Es wiederholte sich: das Kind, der Greis. Es könnte jetzt seine Mutter sein, doch sie würde ihm unter Tränen helfen. Vielleicht, vielleicht unter Gelächter.

Die Hosen waren bis über die Knie gezogen. Dem folgte die geübte Aufforderung: Aufstehen! Die Dame zog ihm die Hosen über den Bauch. Er musste noch zum Kämmen ins Bad.

Fertig für den Ausgang, sagte er mit bleichem Gesicht in den Spiegel.

Als das Mädchen neben ihm die Augen rollte, sagte er: Ich weiß, ich übertreibe, damit Sie sich aufregen können.

Sie ließ ihn stehen mit einem ausgekühlten: Bis heute Abend.

Er sah ihr im Spiegel nach. Er sah sich, horchend, mit offenem Mund. So wollte er sich nicht sehen, schloss die Augen, horchte in die Wohnung, ausdauernd, hielt sich am Waschbecken vorm Spiegel fest, horchte in die Stille, nachdem die Wohnungstür ins Schloss gefallen war.

Die Stille wurde dicht, schloss ihn ein. Er öffnete die Augen, sah sich an, trat neben den Spiegel, verließ ihn, hörte nun sich, drohte das Gleichgewicht zu verlieren und sagte sich, nicht ohne Hohn: Wozu hast du den roten Notknopf der Johanniter am Arm. Drück ihn und die tragen dich zum nächstbesten Sofa.

Dann entschloss er sich, Schrittchen für Schrittchen über den Flur ins Arbeitszimmer zu gehen. Die Schwester hatte ihm die Zeitung auf den Schreibtisch gelegt, so wie er es mit ihr ausgemacht hatte. Er überflog die Schlagzeilen auf der ersten Seite; was er las, hatte er bereits am Vorabend aus dem Fernsehen erfahren. Es schüttelte und schlug ihn von Neuem. Der blanke Wahnsinn tobte sich auf dem Globus aus. Offenbar war die Menschheit von einem apokalyptischen Virus heimgesucht. In Nizza raste am Feiertag der Französischen Republik ein Wahnsinniger, ein Angestifteter, in die feiernde Menschenmenge, tötete siebzig Menschen, darunter viele Kinder; in der Türkei putschte das Militär offenbar in Eile und unzulänglich. Der Putsch wurde niedergeschlagen, der obsiegende Potentat zettelte den Mob zu böser Rache an. Anzetteln und anstiften sind eigentlich Kinderwörter, für Spiele, dachte er.

Er stemmte sich aus dem Stuhl und ging zum Bücherregal neben der Balkontür. Dort standen, neben der Fachliteratur für Architekten, Gedichtbände. Den Mörtel der Romane habe ich entfernt, hatte er Mailänder die kuriose Ansammlung erläutert.

Viele Gedichte sind bewohnbar, gleichen Zelten oder Kirchen. Er war auf Hikmet gekommen, als er von seinem Büro nach Istanbul geschickt wurde, um den Ausbau der Deutschen Schule vorzubereiten. Eine Buchhändlerin hatte ihn empfohlen: Er sei der größte türkische Dichter der Neuzeit.

Ein Kommunist!, wusste sein belesener Chef. Und er

sagte auch gleich die Verse auf, die er noch immer auswendig kannte:

>*»Leben, einzeln und frei,*
>*wie ein Baum und dabei*
>*brüderlich wie ein Wald.*
>*Diese Sehnsucht ist unser.«*

Na ja, ein wenig naiv, befand der Chef damals, aber gesungen wird die Schmonzette auch. Er las Hikmet, bewunderte und brauchte seine Gedichte. Außerdem gelang es ihm, seinen Kollegen mit Hikmet auf die Nerven zu gehen. Wenn er zitierte, hieß es: Der Hauskommunist predigt schon wieder.

An Hikmet schrieb er nicht in Gedanken. Er setzte sich an den Schreibtisch und tippte den Brief in die kleine Hermes, die als Erinnerungsstück neben dem Computer ihren Platz beanspruchte:

Großer Nazim Hikmet,

ich schreibe an Sie auf einem Maschinchen, einer Hermes, dessen rhythmisches Klappern uns beiden vertraut ist. Wenn es einen Himmel gibt, wir können ihn uns immerhin denken, werden Sie da eine Bleibe nach dem Leben gefunden haben. Wer immer Sie holte und wählte, Ihr Land, verehrter Meister, befindet sich in Aufruhr, zerstört sich selbst, die Masse, der Mob und ein rasender Potentat – Sie haben ja Erfahrungen mit derartigen Erscheinungen – sorgen dafür. Tausende werden verhaftet, unter unsinnigen Vorwänden, in Gefängnisse geworfen und vermutlich gefoltert. Manche werden vom Mob gelyncht.

Sie kennen diese vorbereiteten Ausbrüche von Gewalt, wurden schon unter den Osmanen verfolgt, wurden eingekerkert. Das Militär stellte Ihnen nach, alle von Offizieren gebildeten Regierungen. Sie, der Sänger, wurden zum Staatsfeind. Es gab, sage ich Ihnen, und mit Zweifel auch mir, noch Ordnungen. Wer sich damals einem Glauben, einer Ideologie verschrieb, fand Schutz. Obwohl Ihre Gedichte in Haltung und Anspruch – Verse auf den Linien der Freiheit gebetet – den Kulturhütern Stalins nicht gefallen konnten, gingen Sie ins Exil nach Moskau. In diesem Augenblick, der meiner ist, schluckt eine mörderische Ideologie einen alten Glauben, formuliert ihn so einfach wie möglich um, damit die Welt ruiniert werden könne. Ich habe oft an Sie gedacht, Ihre Gedichte haben mich begleitet, im Krankenhaus nach der mit Schmerz gefüllten Schwebe in der Intensivstation, später, als ich wegen eines durch einen Katheter hervorgerufenen Aneurismas an die Grenze geriet. Ich habe an die Häuser, die Gärten gedacht, die nach meinen Plänen entstanden: Zufluchten. Mit einem Male waren sie sinnlos geworden. Diese Fahnen schwenkenden Horden kränken ihren Religionsstifter, den sie anrufen, wenn getötet und vernichtet wird.

Haben Sie, Nazim Hikmet, diesen Verfall der Zivilisation während Ihres schwierigen bedrängten Lebens geahnt? Ich frage wie ein Kind, das sich vorm Dunklen fürchtet, oder wie ein Greis, dem ein Ende oder sein Ende eher gleichgültig ist.

Wenger riss das Papier aus der Walze, erhob sich rasch, kämpfte gegen den Schwindel, tappte am Rollstuhl vorbei zum Balkon, setzte sich draußen auf den Stuhl und lugte über die Brüstung. Nichts war durcheinandergeraten, Lärm wie immer, die Rufe von Müttern, Verkäufern, das Aufheulen von Motoren, Gebell von Hunden. Unten auf der Straße war alles in Bewegung. Er saß still, schloss die Augen, horchte, ich lausche auf den Untergang, sagte er sich.

Dann ging er zurück zum Schreibtisch. Wieder würden die Stunden zäh verrinnen, wieder würde er ankämpfen gegen den Wunsch, mit Mailänder zu telefonieren. Er nahm den Band mit Hikmets Gedichten, blätterte darin, Zeilen blieben haften, die er kannte wie vertraute Formeln.

»Ich bin, ich bin. Heute haben sie mich das erste Mal in die Sonne hinausgelassen.
Ich bin das erste Mal in meinem Leben so sehr verwundert, dass der Himmel so weit weg ist.«

Er wartete, bis die Stunden verrannen, lehnte sich zurück, spürte, wie die Stille fest wurde, ein Element, das ihm keine Bewegung erlaubte, auch nur Fragmente von Gedanken.

Ich bin ein Gefangener meiner selbst. Das war einer der Gedanken. Er wiederholte: meiner selbst. Draußen war die Sonne durch die Wolken gebrochen. Im Zimmer wurde es hell. Das Licht kroch in einer breiten Spur auf ihn zu. Ich gehe, rief er dem Gogol von Otto Pankok zu, einem großen Holzschnitt, der an der Wand über dem Schreibtisch hing. Er sank in sich zusammen. Ich spiele, ich gehe nicht, sagte er leise. Ihm fiel ein, dass er das Bad aufräumen wollte, nachdem der Pflegedienst dort getobt hatte. Aber das könnte er auch der Putzhilfe überlassen. Er ärgerte sich über die schnell wechselnden Einfälle, ließ den Gang ins Badezimmer bleiben und legte sich auf die Couch im Arbeitszimmer. Er hörte sich atmen. Auf sich hörend schlief er ein und wurde von der Klingel wieder geweckt.

Er taumelte zur Tür, fragte in die Gegensprechanlage und bekam mitgeteilt: Ihr Mittagessen, Herr Wenger.

Den jungen Mann, der ihm die Warmhaltepackung überreichte, kannte er noch nicht.

Sind Sie neu?

Die Frage schien den Jungen peinlich zu stimmen. Ja schon, antwortete er.

Was heißt das?

Ich war schon einmal dabei und bin es jetzt wieder. Aber bei Ihnen war ich noch nicht. Er holte Luft, als wolle er auf eine heikle Sache zu sprechen kommen. Soll ich Ihnen beim Essen Gesellschaft leisten?

Wenger sah ihm verblüfft in die hellen Kinderaugen. Wie kommen Sie darauf?

Weil es manche Kunden wünschen.

Wenger lächelte. Dann bin ich keiner von den manchen.

Der Junge verschwand.

Wenger begann ungestört mit der Mahlzeit. Mit der Kost war er nicht zufrieden. Es schmeckte neutral, ohne Anspruch. Er holte das Besteck aus der Küche, kehrte auf dem Weg ins Arbeitszimmer um, da er das Mineralwasser vergessen hatte. Der Schreibtisch war neuerdings auch der Esstisch, obwohl Mailänder das abwegig fand. Es sollte zwischen Arbeit und Erholung eine Grenze geben, Hannes.

Jaja.

Das verdoppelte Ja war längst ein Echo auf Vorwürfe und lästige Vorschläge geworden.

Er hätte den Jungen doch noch einladen sollen, eine Weile zu bleiben.

Auf die Mahlzeit folgte der Mittagsschlaf. In den Phasen großer Müdigkeit wünschte er sich vor dem Mittagsschlaf den Vormittagsschlaf, womit er Mailänder beunruhigte. Der Weg war kurz vom Schreibtisch zur Couch. Auf der lag die Decke noch zerknüllt vom Vortag. Er legte sich hin, stürzte, den Atem anhaltend, in einen tiefen schwarzen Schacht, schlief und schlief, bis Mailänder ihn weckte.

Wach auf, Hannes, es ist gleich Abend.

Er kam in kleinen Schüben zu sich. Wie kommst du hier herein? Stehst einfach da.

Ich hab den Schlüssel. Hast du das vergessen?

Ich vergesse nichts.

Stimmt, lieber Freund. Also aufstehen. Ich hab dir einen kleinen Ausflug versprochen.

Immer wenn Eile von ihm gefordert wurde, geriet er durcheinander, wurde kurzatmig, und die Glieder fanden nicht ihre Ordnung. Er schwankte, Mailänder hielt ihn am Arm fest.

Es eilt nicht. Der junge Freund kannte diese abscheulichen Sensationen eines alten Körpers.

Danke, sagte er, befreite sich aus dem hilfreichen Griff, wieder muss ich über dich staunen.

Mailänder ging ihm einen Schritt voraus.

Das macht mich misstrauisch.

Komm!

Er lief ihm nach, in kurzen Schritten, unsicher. Die Beine schmerzten.

In der Gartenwirtschaft, in der wir zu Abend essen, kannst du Atem holen, sitzen.

Nicht zu schnell, bat er und setzte trocken hinzu: Was für Aussichten!

Ein Ausflug, dachte er, ein kindisches Unternehmen mit einem gehbehinderten, herzschwachen Alten.

Im Lift bat er Mailänder, bitte langsam zu sinken. Sonst wird mir übel.

Mailänder drückte auf einen der Knöpfe. Deinen Sarkasmus hast du behalten, und er hält dich aufrecht.

Fluchend stieg er ins Auto. Mailänder half ohne einen Kommentar. Den Rollstuhl habe er zusammengefaltet in den Kofferraum gelegt. Die Wege im Wirtsgarten seien zu weit, zu uneben.

Angekommen vor dem Gartenlokal ließ Mailänder ihn im Auto sitzen, holte den Rollstuhl heraus, fuhr ihn neben die Wagentür. Ich helfe dir beim Aus- und Einsteigen.

Wenger widersetzte sich nicht. Mailänder schob ihn in eine Szene, die sich in seinem Gedächtnis wunderbar wiederholte. Unter Bäumen, einem grünen Laubdach, saßen an weißen Tischen Menschen, viele in einem Alter wie er, aber er tauschte sie, indem er kurz die Augen schloss, durch jüngere aus.

Mailänder steuerte auf einen leeren Tisch zu. Wenger lehnte sich zurück, zog die Luft ein, die gewürzt war von einem Duft, der beherrscht wurde von frisch gemähtem Gras, von Bier und Braten. Er sah zu Mailänder hoch und hörte sich mit einer Stimme von früher sagen: Da war ich schon lange nicht mehr.

Hier?, fragte Mailänder verblüfft.

Nein, nicht hier. Er versuchte aus dem Rollstuhl herauszukommen, Mailänder zog die Bremsen an, damit er nicht unter ihm wegrolle. Nicht hier, an einem anderen Ort, doch wie hier.

Das sämige Licht der Abendsonne sammelte sich in den Bäumen und rieselte die blanken Stämme hinunter. Wenger wechselte mithilfe Mailänders vom Rollstuhl auf den Stuhl am Tisch. Er sank in sich zusammen, rang nach Atem und sagte gegen seine Schwäche: Das war vor Jahrzehnten. Ich erzähle es dir beim Wein.

Die Abendluft war nicht nur von Düften durchzogen, auch von Geräuschen. Als Continuo das dunkle Rauschen von der nahe liegenden Straße, darüber das helle Rascheln der Bäume, als ariose Momente die Bestellungen der Kellner an der Theke, und im Chor waren die Gäste zu hören, mal unisono, mal dissonant. Wenger genoss die Umgebung und er genoss sich. Es gab keine Schmerzen und er musste nicht auf falsche Bewegungen achten. Der Atem ging frei, unbeschwert. Was einen anderen Grund hatte. Er war oft um die Mittagszeit müde, und er dachte, wie immer in diesem Zustand, dass er nicht mehr dachte.

Die Bedienung brachte den Wein, eine Flasche rheinhessischen Rieslings.

Habe ich richtig gewählt?, fragte Mailänder.

Er nickte und verfolgte, wie der Kellner den Wein in die Gläser schenkte und Mailänder rasch nach seinem griff: Auf dein Wohl, Hannes. Und erzähl beim Wein von deinem Biergarten, dem von früher.

Mailänders Frage und das leise Klingen der Gläser riefen ihn zu sich: ein Déjà-vu. So nennen wir das, wenn das Gedächtnis uns Bilder von ehedem zuspielt oder in einen Zustand versetzt, der uns längst fremd ist. Es war Sommer, und das Mädchen war sommerlich, glühte und leuchtete, als wir die zwei Fahrräder abstellten und in den Garten gingen. Wir hatten Durst, Hunger. Und wenig Geld. Für zwei Wochen in den Ferien auf Tour, unterwegs, getragen von gewagten Kindergedanken und einer Zukunft, die wir in kühnen Sätzen uns einfach aneigneten. Es war ein Versuch, den anderen zu finden. Die erste Liebe, Mailänder, der erste Mensch, dem ich vertraute. Und dabei blieb es. Wir redeten über unsere Lehrer, sie erzählte von sich und ihren Geschwistern. Wenn sie lachte, lachte ich mit. Es kam mir vor, als berührte ich sie. Wir saßen bis in den Abend und fragten nach Übernachtungsmöglichkeiten. Sie bekam ein Zimmer, ich wurde in die Besenkammer verbannt. Am Morgen spürten wir noch den Schmelz des Abends.

Er trank. Trank zu viel. Die Krankenhäuser der letzten Jahre hatten ihn entwöhnt.

Es hätte ein Anfang sein können. Er sah Mailänder vor sich, diesen kräftigen, jungen Mann, in dessen schönem Gesicht es Schattenfelder gab, unter den Augen, an den Schläfen. Wieso hatte er solche Geduld mit ihm, dem Alten. Er war gut dreißig Jahre jünger.

Sie fragte mich, was ich werden wolle. Baumeister, sagte ich. Ein altes Wort für einen gewünschten Beruf. Er trank einen Schluck. Selbst in den Wörtern schichtet sich unsere Geschichte.

Was ist aus dem Mädchen geworden? Hatte sie einen Namen?

Nach der Schule vergaß sie mich.

So einfach?

Ein anderer half ihr dabei.

Und du?

Ich ließ es bleiben.

Was?

Die Liebe, mein Lieber. Das Vertrauen, Bindungen. So viel wie mit dir habe ich in meinem ganzen Leben nur mit Kollegen und Auftraggebern gesprochen. Das reichte. Und jetzt ertrage ich es gerade noch, dass du, mein Hausarzt, ein halbes Leben jünger als ich, dich um mich kümmerst. Und – er trank in langen Zügen, schloss die Augen, horchte auf das Selbstgespräch der Bäume –, und ich frage mich, auch dich: Warum? Weshalb du mich aushältst. Nur aus Erbarmen?

Er war betrunken, verlor, auch bequem sitzend, den Halt.

Mailänder sah, während er ihm antwortete, über ihn hinweg. Vielleicht aus Verlegenheit, dachte er.

Nein, nicht aus Erbarmen, sagte Mailänder, aus Interesse, du warst ein Besonderer unter meinen Patienten, dein Wissen, dein freundlicher Sarkasmus und vor allem dein Bestehen auf Distanz zogen mich an. Ich war darauf aus, dich kennenzulernen. Und jetzt ist es schon ein paar Jahre, dass du mein Patient und Freund bist.

Wenger räusperte sich, wobei ihm Wein in einem beizenden Schluck hochkam: Patient bin ich geblieben und als Freund mitunter schwer erträglich.

Sei nicht kokett, Hannes, das liegt dir nicht.

Immerhin musst du nicht fürchten, dass ich dir ein ganzes Leben lang anhänge. Das wird ziemlich bald ein Ende haben.

Mailänder erhob sich, fischte mit der Hand nach dem Rollstuhl. So kenne ich dich wieder. Komm, wir brechen auf. Du musst schlafen gehen. Die Pflegerin, dein Sandfräulein, wird schon warten.

Wenger begann zu knurren: Werde nicht albern, Mailänder.

2.

Viele möchten leben, ohne zu altern,
und sie altern in Wirklichkeit,
ohne zu leben.

Alexander Mitscherlich

In dem furchtbaren Frühjahr, in dem Gewalt und Wahnsinn um sich griffen, junge Männer, ausgesandte oder selbst ernannte Terroristen sich in die Luft sprengten, in den Himmel fuhren, um andere zu töten, mit der Axt um sich schlugen, mit dem Lastwagen in eine feiernde Menge fuhren, mit dem Messer einen Priester und eine Betende erstachen, in diesem von einem falschen Wetter heimgesuchten Frühling verabschiedete sich Mailänder für längere Zeit. Er nähme an einem Seminar teil und werde danach in die Ferien gehen. Wenger verlor sich in einer Klage, er werde am Alleinsein ersticken, nur diese rabiaten Pflegeweiber, nein! Ich bitte dich, sage mir einen Arzt, der sich um mich kümmert. Kannst du mir einen Stellvertreter nennen?

Mailänder, der offenbar mit dem kunstvollen Lamento gerechnet hatte, antwortete gelassen: Es ist meine Kollegin in der Praxis.

Was Wenger erneut aufbrachte. Du hast sie mir nie vorgestellt. Aus welchen Gründen?, frage ich dich, und ich habe sie nie zu Gesicht bekommen, wenn du mich in der Praxis untersuchtest.

Sollten wir dich zu zweit untersuchen – oder gar, um die Vielfalt der Krankheit zu respektieren, ein Konsortium veranstalten?

Wenger gab auf. Verzeih, Mailänder, ich benehme mich wie ein Kind.

Mailänder machte Anstalten, das Zimmer zu verlassen. Nicht wie ein Kind. Er lehnte sich gegen den Türrahmen und lachte in sich hinein. Wie ein anspruchsvoller, verwöhnter Greis. Wie einer, der immer für sich sein wollte, Wert darauf legte, die Frage nach Angehörigen mit »Keine« zu beantworten. So ist es doch.

Wenger sank in sich zusammen. Erholsame Ferien, Mailänder. Ich bin gespannt, was du mir nach der Rückkehr erzählen wirst.

Ciao, mein Lieber.

Mit Mailänders Abschied riss der Zeitfaden, an dem sich Wenger durch den Tag gehangelt hatte. Pause. Er hielt den Atem an und blieb regungslos sitzen. Die Müdigkeit, die sich ohnehin nachmittags einstellte, stieg in ihm auf, lähmte die Gedanken. Erfüllte ihn mit Gleichgültigkeit. Sitzend schlief er ein.

Aus einem flachen, hastig erzählenden Schlaf weckte ihn die Abendbetreuerin, fragte besorgt, ob es ihm nicht gut gehe, ob sie ihm das Abendessen zubereiten solle?

Er lehnte sich zurück, schaute zu ihr auf und musterte ihr kräftiges Kinn.

Mir geht es gut und ich esse nichts, ich trinke nur zu Abend. Bringen Sie mir bitte den Rotwein aus der Küche und ein kleines Käsebrot, und vorher machen

Sie mich, wie halt immer, für die Nacht zurecht. Er merkte, wie die Verlegenheit, unmäßig viel zu verlangen, seine Sprache umständlich machte.

Sie half ihm beim Auskleiden. Er zog den Bademantel über den Schlafanzug und saß wieder am Tisch. Einen Wein und Brot vor sich.

Vergessen Sie nicht, bevor Sie zu Bett gehen, die Zähne zu putzen, Herr Wenger.

Es war ein Rückfall, der ihn wütend machte. Sie behandelte ihn wie ein Kind. Putz dir die Zähne!

Wie kommen Sie darauf, dass ich mir die Zähne nicht putze?

Verzeihen Sie, Herr Wenger, die Gewohnheit.

Solche Gewohnheiten –, er ließ offen, was noch zu sagen wäre.

Sie verließ ihn, durchaus dankbar für seine Rücksicht.

Endlich fand er Zeit, einen Brief an Schinkel zu denken. Er hatte den schon lange vor. Der abstruse Abschied Mailänders machte ihn möglich. Er trank den Wein, einen üppigen, den Gaumen gerbenden Brunello, aß mit Appetit das Brot. Wobei ein quer laufender Gedanke den Brief noch nicht erlaubte. Er dachte: Ich mache mich lächerlich, ich bin eine schräge Figur. Halt, rief er laut und erschrak. Komm zur Sache!

Verehrter Schinkel, großer Meister,
  da ich Ihretwegen Architekt wurde, allerdings nicht bei Ihnen lernte, sondern von Dir – und im Moment merke, dass ein Du als Anrede in diesem

Brief unangemessen wäre. Sie haben mein Leben bestimmt, mein Arbeitsleben, meine Vorstellung von Kunst. Mit meinen Eltern – mein Vater war damals noch dort als Anwalt tätig – besuchte ich öfter das Humboldtschlösschen in Tegel und den dazugehörigen Park. Ich bestand darauf, den strengen, wie aus einem Bild gefallenen Bau »schönes Haus« zu nennen und nicht Schloss. Mein Vater versuchte mich, korrekt, wie er dachte, umzustimmen. Es sei ein Schloss, und weil es eben nicht so mächtig sei wie das Stadtschloss, eben ein Schlösschen. Aber in Schlössern wohnen nur Könige und solche mächtigen Leute, hier aber hätten doch Brüder gewohnt. In diesem schönen Haus. Meinem Vater verdanke ich noch Blicke auf einige Ihrer Bauten in Berlin: die Bauakademie, die mir allerdings zu groß und zu undurchlässig erschien, und die Friedrichwerdersche Kirche, die ich sofort als »schinkelisch« erkannte. Streng und leicht, graziös und entfernt. Diesen frühen Eindruck schreibe ich heute, verspätet.

Ich begann Häuser zu malen, aus Pappe und Zweigen zu bauen, Schinkel-Bauten. Sie halfen mir, für mich da zu sein. Die Eltern freuten sich über mein »Steckenpferd«, wie sie es aus schierer Hilflosigkeit nannten. Ich brauchte keine Freunde, geschweige denn Freundinnen, sie hätten mich gestört, abgelenkt und wären, da war ich sicher, gemein zu mir gewesen. Meine Mitschüler mieden, übersahen oder verprügelten mich. Meine Eltern wunderten sich nicht, als ich Architektur studieren wollte. In der

Stadt, in der ich zur Welt kam, in Berlin. Einer meiner Lehrer, Düttmann, erkannte sehr rasch meine Fähigkeit, Architektur zu beschreiben, Bauwerke zu erzählen. Architekturgeschichte war ohnedies eines der Fächer, das mich anzog. Weniger die Praxis, gute Laune auf Baustellen zu verbreiten. Grundrisse, Pläne sammelten sich. Nicht zuletzt die Schinkel'schen. Natürlich auch die von Gropius, Mies etc. Die Idee des Bauhauses beschäftigte mich, beschäftigt mich bis heute.

Düttmann nahm manchmal Studenten mit zu einem Abend bei Habel am Roseneck. Wir saßen in dem wunderbaren Garten, tranken uns eins, Düttmann eins mehr, und planten, zerredeten Fassaden und stolzere Bauten. Mit einigen wenigen aus der Runde hatte ich noch später Verbindung. Freunde wurden sie nie. Zuerst ein Eigenbrötler, dann ein Hagestolz. Der Kalte Krieg machte mich frösteln, so wie mich jetzt der wild und wüst gewordene Globalismus das Fürchten lehrt. Ich trat nach dem Studium keiner Architektengemeinschaft bei, begann allein. Düttmann verhalf mir zu einigen Aufträgen. Meine Entwürfe hatten ihm schon während des Studiums gefallen. Aber mehr und mehr bekam ich Aufträge als Architekturjournalist. Fachzeitschriften, Zeitungen, Rundfunkredaktionen baten mich um Beiträge. Auch als Berater wurde ich gerufen, in Jurys. Ich verdiente ganz ordentlich, hätte aber keine Familie unterhalten können. So schlug ich mich durch, großer Meister. Mit 83 hoffe ich auf Ihren wei-

teren Beistand, studiere kaum mehr Ihre Bauten, die nicht alle für einen Rollstuhlreiter geeignet sind, und schaue mir lieber Ihre Gemälde an. Beglückt über den kühlen und souveränen Umgang mit Personen und Gegenden.

Der Weg in die Küche schien ihm für den Abendgang zu weit. Er stand auf, stemmte sich am Tisch hoch, schwankte, spürte die Wunde am Bein, die offene Diabeteswunde, ärgerte sich über die Schwäche und machte sich doch auf in die Küche, um dort Glas und Teller abzustellen. Er tappte, als wäre es dunkel und er könnte nichts sehen, durch das Zimmer, immer wieder Halt suchend. Träge und schwach, stellte er fest und mahnte sich laut, die Stimme der Pflegedame nachäffend: Sie müssen Zähne putzen. Da sie lispelte, wiederholte er: Tsähnepuutsen! Das tat er und beobachtete sich dabei im Spiegel. Geh schlafen, forderte er den im Spiegel auf, nickte ihm zu und der ihm.

Ohne größere Beschwerden, ohne zu schwanken, erreichte er das Schlafzimmer, riss das Fenster auf, starrte auf den nachtgeschwärzten Baum davor und horchte hinaus. Es war still, nur aus der Ferne rauschte der Verkehr. Er legte sich hin, wälzte sich eine Weile hin und her, fürchtete einen Krampf im kaputten Bein und schlief ein.

Mailänder schickte Postkarten aus Putbus auf Rügen, Ansichten eines schinkelisch strengen Dorfplatzes. Doch ohne Absender und Hotel. Er war für ihn nicht zu erreichen. Er fragte sich, was der Freund im Schild führe. Nach einer morgendlichen Erquickung – rasche Wäsche, Zähneputzen, Hilfe beim Anziehen, nicht zuletzt der verflixten Stützstrümpfe, der Gummibeinpressen – setzte er sich aus ratloser Wut auf einen allzu niedrigen Sessel im Wohnzimmer. Und kam nicht mehr hoch. Er war gefangen, bis die nächste Hilfe erschien.

Danach, von einer Pflegerin befreit, nahm er sich vor, alles, was ihn hilflos machte, zu vermeiden: niedrige Sessel, Liegen, Sofas, Treppen, unebene Böden.

Auf einer zweiten Karte, die eine Rügenansicht Caspar David Friedrichs zeigte, kündigte Mailänder seine Rückkehr (samt Überraschung) in einer Woche an.

Die Unruhe in Wenger stieg in kleinen Wellen. Er war sicher, dass sie ihn noch heftiger ergreifen würde. Ein Anruf sorgte dafür. Die Redaktion der Zeitschrift »Architektur« fragte an, ob er sich mit der neuen Altstadt zwischen Römer und Braubachstraße auseinandersetzen und sie in Einzelheiten beschreiben wolle. Er sagte rasch zu und bekam noch den Termin: spätestens in zwei Monaten. Er stimmte zu gegen seine Angst, seine Bewegungslosigkeit, aus Eitelkeit, aus Furcht, seiner Zunft verloren zu gehen.

Er bereitete sich vor und ging sich auf die Nerven. Wie sollte er in die Braubachstraße gelangen, wie zur Schirn? Da gab es Treppen, steile Wege. War er im Rollstuhl unterwegs, hatte ihn Mailänder stets geschoben. Wer jetzt? Schaffte er das allein?

Er musste die Pflege absagen, das Mittagessen. Er

brauchte sein kleines Diktiergerät, um seine Eindrücke festzuhalten. Er hatte es lange nicht benutzt, suchte danach. Es musste neu geladen werden. Er lief in der Wohnung hin und her, knickte ab und zu ein, hielt sich an den Schränken, an den Türklinken fest. Schließlich warf er sich aufs Bett, nahm sich vor, den Auftrag abzusagen, schlief ein und wurde von dem Jungen geweckt, der das Essen brachte. Der stand verlegen, mit gefalteten Händen vor ihm: Hallo, Herr Wenger, ich dachte schon ... Er brach ab, Wenger übernahm: Sie sind tot.

Na ja, murmelte der junge Mann und sagte: Das Essen steht auf dem Tisch. Es ist noch warm.

Wenger hielt ihm die Hand hin und wurde hochgezogen. Dann hakte der Junge ihn unter und führte ihn ins Wohnzimmer. Guten Appetit, wünschte er und war schon weg.

Kauend und in Gedanken eilte ihm Wenger nach. Er hätte ihn fragen können, ob er ihm bei seinem Ausflug in das neue alte Frankfurt helfen wolle. Ja, sagte er, und nach einer Pause: Nein. Damit war für ihn die Angelegenheit erledigt. Immerhin hatte er eine Sicherheit: das Taxi und seinen Fahrer, der ihn in die Braubachstraße bringen würde. Berkan, der alte Türke, der ihm vor drei Jahrzehnten seine Geschäftskarte gegeben hatte und ihn oft fuhr. Ihr Chauffeur, sagte er manchmal. Klein, stämmig, mit riesigen Händen.

Er schob das Geschirr zur Seite, betrachtete es eine Weile fragend. Der Essensbote nahm es am nächsten Tag wieder mit. Es gehörte in die Küche an den Platz, wo er es fände. Er trug Teller, Schüsselchen und Besteck vor sich her und stellte erneut fest, dass selbst die geringfügigsten Aufgaben ihn aus der Balance brachten.

Da er schon unterwegs war, machte er sich auf ins Arbeitszimmer, wo er in der Ablage wühlte, immer wütender nach Artikeln über das neue alte Frankfurt suchte. Er musste sich ja vorbereiten, andere Meinungen kennen. Er las und schürte seinen Ärger: Die einen lobten die Rekonstruktion, die andern verhöhnten sie. Über die Bauten erfuhr er so gut wie nichts. Er ordnete die Ausschnitte unter Plus und Minus und döste danach erschöpft ein.

Die Abendpflegerin fand ihn in sich versunken am Schreibtisch.

Jetzt wollen wir uns mal für die Nacht fertig machen.

Er sah zu der Dame auf, kniff die Augen zusammen, holte hörbar Luft: Wir haben noch nicht zu Abend gegessen. Sie können gehen.

Die Pflegerin legte begütigend ihre Hand auf seine Schulter. Ich kann auch bleiben, solange Sie essen.

Gehen Sie, bitte. Sie zog die Hand zurück. Ihre Stimme nahm an Schärfe zu. Auf Ihre Verantwortung.

Er stemmte sich hoch. So ist es, gute Nacht, Schwester.

Berkan kam am Vormittag, wie er ihn bestellt hatte. Er hatte ihm den Rollstuhl angekündigt. Hoffentlich passe der in den Kofferraum. Was glauben Sie, Herr Wenger, was ich gelegentlich transportiere.

Berkan erwies sich tatsächlich als kundig und hilfreich. Er begrüßte Wenger, der auf dem Gehweg im Rollstuhl wartete, herzlich, gleichsam als Wiederentdeckung.

Öfter habe ich gedacht, was aus Ihnen geworden ist, nach den vielen Jahren, die ich Sie gefahren habe. Da sind Sie. Wohnen noch immer hier. Er strich Wenger mit schwerer Hand über den Rücken: Können Sie stehen?

Als Wenger neben dem Rollstuhl stand, faltete er den rasch zusammen. In Übung bin ich schon, erklärte er, während er Wengers Gefährt in den Kofferraum wuchtete. Unsere Tochter hatte einen Unfall. Da waren Sie schon verschwunden. Sie kann sich nur im Rollstuhl bewegen. Manchmal beweg ich sie.

Die Fahrt dauerte nicht lang bis zur Braubachstraße. Berkan baute den Rollstuhl auf, und Wenger schlug ihm vor, ihn durch die neue Stadt zu schieben. Von Haus zu Haus, auch zu den Baustellen und zum Stadthaus, das den archäologischen Garten, die Gründersteine Frankfurts, aufnahm. Vor dem Haus zur Waage bat er Berkan zu warten. Er könne sicher in wenigen Schritten ins Haus gehen und sich das Interieur anschauen.

Soll ich Sie stützen?

Wenger wehrte sich, drehte sich zu seinem türkischen Chauffeur um, geriet aus dem Gleichgewicht, sah, wie Berkan erschrocken die Arme hochriss, sah den Himmel und absonderliches Zierrat an der alten Fassade, stürzte in einen schwarzen lautlosen Abgrund, in dem sein Aufschrei widerhallte. Die junge Ärztin, die ihn nach Angehörigen fragte, die verständigt werden müssten, verstörte er mit einer kargen Antwort: Keine.

Niemanden?, fragte sie zurück.

Nein.

Der kurze Wortwechsel bestärkte ihn, tat aber auch weh.

Die Bewusstlosigkeit habe er einer Unterzuckerung zu verdanken, erfuhr er, er müsse noch eine Weile auf Station bleiben. Die Zuckerwerte sollten in Ordnung gebracht, die Niere beobachtet und das Herz gestützt werden, vielleicht mit einem weiteren Stent. Das alles werde seinem Hausarzt mitgeteilt. Wieder verstörte er die Ärztin mit der Auskunft, dass es den nicht gäbe, dass er sich gerade von ihm, seinem Patienten, erhole. Worauf sie ihm einen finsteren Humor attestierte. Er fügte sich, krümmte sich wie immer, wenn er in die Intensivstation geriet, zu einem Greisenembryo, zum uralten Moses, der ausgesetzt wird, in einem Körbchen im Strom treibt, doch nicht gefunden, sondern vergessen wird.

Die Schwestern und Ärzte behandelten ihn vorsichtig, wie einen Traumwandler. Im Bett fuhren sie ihn zur Untersuchung. Vor dem Röntgengerät, mit dem seine Lunge durchleuchtet werden sollte, knickte er ein und genoss es, wie die Röntgenassistentin vor Schreck quiekte.

Es freute ihn, dass Berkan ihn besuchen kam, nachdem er auf Station gebracht worden war, in ein Einzelzimmer, dass er plötzlich neben seinem Bett stand und ihm die aktuelle Zeitung auf die Bettdecke legte: Weil Sie doch immer wissen wollen, was los ist. Und für ein paar Tage keine Zeitung lesen konnten.

Berkan erzählte ihm, dass es schwierig gewesen sei, »die Rettung« an diesen Ort zu lotsen. Alles sei da künstlich zu eng gewesen. In der Universitätsklinik hätten sie ihn weggeschickt und in die Intensivstation gesteckt. Da darf unsereiner nicht hinein. Aber ich habe von einer Schwester erfahren, dass Ihnen beim Sturz nichts passiert ist. Das ist geschehen, weil der Kreislauf zusammengekracht ist.

Was aus dem Artikel über die neuen alten Häuser werde, fragte er.

Nichts. Wenger grinste, zog die Decke bis zum Hals, als friere ihn. Nichts, mein Lieber. Ich hätte mich auch schwergetan, diese Fassadensentimentalität zu loben.

Aber die Häuser waren doch zerstört und sind halt wieder aufgebaut worden, wie sie gewesen sind.

Gewesen ist dort das Betonkunstwerk Technisches Rathaus.

Schön aber war es nicht.

Zeitgemäß, Berkan, zeitgemäß war es!

Was ist schon zeitgemäß? Vielleicht nicht richtig haltbar.

Wenger strahlte den lebensklugen Türken an: Es ist ein Vergnügen, mit Ihnen zu debattieren, Berkan. Schon fühle ich mich besser.

Ich muss Sie jetzt allein lassen. Mein Taxi wartet.

Berkans Verlegenheit drückte sich darin aus, dass er einen Ansatz von Bauchtanz versuchte und die Hände rang.

Kommen Sie wieder, wenn Ihr Taxi Ihnen Zeit lässt.

Berkan verließ ihn mit einer angedeuteten Verbeugung und wurde abgelöst durch eine seiner Pflegefrauen. Sie erschien mit einem Koffer, in dem er »das Notwendigste« finde. Das regte ihn zu einer gehässigen Frage an. Woher wissen Sie, was »notwendig« ist?

Die Dame reagierte gelassen. Ach Herr Wenger, Sie sind schon seit Längerem unser Patient, und da Sie sich nun leider nicht helfen können, müssen wir sehen, was Sie brauchen.

Die Zahnbürste natürlich.

Und natürlich das Rasierzeug. Oder haben Sie vor, sich im Krankenhaus einen Bart wachsen zu lassen?

Nein, das nicht. Und ich danke Ihnen.

Sie wünschte ihm alles Gute und wurde von einer anderen Schwester abgelöst, die unbedingt eine Braunüle anlegen wollte. Sie schob ihm die Nadel so in die Vene, dass diese hernach schmerzte. Er legte sich zur Seite, zog die Beine an und trieb im Körbchen auf dem Strom. Das Abendessen verschmähte er und beunruhigte den Stationsarzt, der nach seinem Befinden fragte.

Ich befinde mich auf Station fünf und möchte meine Ruhe haben.

Das genügte, den Arzt hinauszutreiben.

Er war schon wieder unterwegs und fand es merkwürdig, während er auf dem Strom trieb, ständig an Gegenden vorbeizukommen, die ihm vertraut waren, die Kirche über dem Fluss, Sankt Laurentius, das alte Gymnasium, das Bad am Flussufer mit dem brüchigen Sprungbrett, aber menschenleer, ohne den Lärm Badender. Wie überhaupt am Rand der Reise Menschen fehlten, bekannte Personen.

Sie haben mich im Stich gelassen, ging es ihm durch

den Kopf; und als sehr schneller Gedanke danach: Vielleicht auch ich sie.

Er war wieder mit dem Bett durch die Klinik geschoben worden: zum Katheter.

Das hört sich an, als müsste ich einen Vortrag halten.

Der Pfleger, der das Bett schob, verstand den Witz nicht.

Vor dem Raum, in dem der Eingriff vorgenommen werden sollte, wurde er abgestellt und vorbereitet. Er hatte ohnehin schon das popofreie Hemdchen an. Mit Spritzen wurde die Leiste, von der aus der Katheter eingeleitet wurde, betäubt. Es waren immer gekachelte Keller, diese aseptischen weißen Höhlen, durch die unter der Decke Röhren krochen, in denen die wartenden Kranken präpariert wurden. Fürs Draufgehen oder fürs Davonkommen. Er wiederholte diese zwei Wörter ein paarmal, einer Beschwörung gleich, und verwirrte die Anästhesistin.

Wie meinen Sie das?

Wie ich's meine.

Sie drückte ihm unwirsch eine Nadel in die Leiste.

Der Professor trat an seine Stelle, der Herr über die Katheter, nickte, war unverkennbar zufrieden mit dem Zustand seines Opfers, und prompt wurde Wenger neben den Operationstisch geschoben und auf dem Laken von dem einen Tisch zum andern gezogen, lag danach unter Lampen und Monitoren. Das wiederholte sich. Auch die Geschäftigkeit des Operationsteams, das sich Ruhe verordnet hatte.

Übrig blieb nur der Meister des Katheters. Er beugte sich über ihn, sah ihm in die Augen, meinte: Sie wissen ja Bescheid. Sie haben keine Angst.

Was soll er antworten?

Auf dem grell werdenden Monitor sah er mit einem Mal den Kopf des Aortawurms, der sehr langsam hochkroch. Von seinem Dompteur getrieben. Sehen Sie? Das Herz! Die markierte Stelle! Da wollen wir hin, dort ist ein Gefäß zu. Der Wurm war nicht aufzuhalten. Um seine Geschwindigkeit zu messen, blickte Wenger ab und zu auf die Hand des Professors, die Führhand, die den Katheter mit winzigen Bewegungen vorantrieb. Jetzt! Das Köpfchen dehnte sich, als stoße es auf Widerstand, und wurde zornig. Jetzt! Der Stent, die poröse Röhre, wurde festgesetzt, ein wenig hin und her gerückt und saß. Für immer. Bis zum Ende.

Na?, fragte der Professor.

Gut, gab ihm Wenger zur Antwort.

Der Professor lief neben Wengers Bett her, begleitete ihn gleichsam bis zur Haustür, höflich und erregt von den Morgennachrichten: Diese Häufung von Anschlägen macht mir Angst. Junge Männer, die morden. Einzelgänger.

Wenger hatte am Abend die Nachrichten im Fernsehen gesehen. Trostlose Bilder. Verschwommene Täterköpfe. Er versuchte sich ein wenig aufzurichten, doch der Arzt drückte ihn freundlich aufs Kissen. Nein, Herr Professor, es sind keine Einzelgänger. Es sind Alleingelassene, die von Mordstrategen gesteuert werden.

Der Pfleger fuhr ihn schweigend aufs Zimmer, vorbei

an hastenden Schwestern, offenen Türen. Das frühe Mittagessen wurde serviert.

Er musste still liegen. Die Eingangswunde an der Leiste sollte nicht bluten. Er verzichtete aufs Mittagessen, obwohl ihm die Schwester angeboten hatte, ihn zu füttern. Er sah aus dem Fenster auf die graue Fassade gegenüber. Es kam ihm vor, als liege drüben einer hinter dem Fenster und starre zu ihm herüber. Wie geht es dir?, fragte er zum Fenster hin.

Zwei Tage später wurde er entlassen. Mit einem von zwei türkischen Hünen betriebenen Krankentransport wurde er nach Hause gebracht.

Unter der Post, die die Pfleger auf dem Schreibtisch gestapelt hatten, fand er eine Karte mit der Ansicht von der Seebrücke von Binz. Mailänder schrieb, am Freitag komme er. Wenger solle sich auf eine Überraschung einstellen.

Freitag war heute und auf Überraschungen war er nicht scharf.

Der Junge brachte das Essen auf Rädern und war sichtlich erfreut, ihn wiederzusehen. Sind Sie wieder gesund?

Was sollte er ihm antworten? Er erwiderte sein Lächeln.

Nach dem Essen schlief er im Sitzen ein. Die Müdigkeit glich einer Höhle, die ihn einschloss und mit ihm wanderte. Eine Wanderhöhle.

Das Klingeln hatte er nicht gehört, doch die Pflegerin rief aus dem Flur: Der Herr Doktor ist da!

Soll reinkommen, rief er zurück.

Sein Herz schlug eine Spur heftiger und er hörte seinen Atem. Er schämte sich über diesen spürbaren Ausbruch von Sentimentalität. Er stemmte sich hoch, stand ein wenig wackelig.

Mailänder stürmte herein, braun gebrannt, umarmte ihn.

Wenger bildete sich ein, der Jüngere dufte nach irgendwelchen Strandtinkturen.

Du riechst nach Strand und Baden. Er mühte sich, seine Freude nicht zu zeigen, lässig und unangefochten zu bleiben.

Na ja, das gehört sich so, wenn man aus den Ferien kommt.

Mailänder war nicht zu bremsen, nahm die von Wenger ausgespielte Distanz nicht zur Kenntnis: Weißt du was, Hannes – wie lange war er nicht so genannt worden –, weißt du was, ich mache mich zu Hause frisch, sehe nach der Post, hole dich in einer Stunde ab und wir feiern unser Wiedersehen.

Wenger ließ sich auf den Stuhl zurückfallen: Ich warte, Mailänder. Ist das womöglich die angekündigte Überraschung?

Nein.

Ich warte.

Die Luft wirbelte noch. Sie versetzte ihn in Unruhe, in einen Anflug von Angst.

Die Pflegerin sah fragend ins Zimmer: Brauchen Sie meine Hilfe, Herr Wenger?

Er bedankte sich: Nein, mir kann nicht geholfen werden.

Ich befinde mich auf einer abschüssigen Bahn und genieße es, in den Orkus zu fahren. Mein Freund Mailänder ist wieder da und geizt noch eine Weile mit allerlei Überraschungen. Wahrscheinlich bin ich gar nicht zu überraschen. Abgebrüht und am Ende, wie ich bin, ein alter Sack, müde und mit wenig Lust, auszugehen, zu saufen, Wiedersehen zu feiern. Das denkst du dir so, Mailänder. Unsere Gedanken gleichen sich nicht. Die meinen haben sich von deinen entfernt, durchlässig und anfällig für Rätselhaftes, zermürbt von Wiederholungen.

Er taperte ins Badezimmer, musterte sich im Spiegel. Sein Schädel war, fand er, geschrumpft, probierte schon den Totenkopf aus. Er streckte die Zunge heraus und fand sich eklig, die Augen trüb, die Lippen schmal und trocken, die Falten am Hals wie bei einem alten Ziegenbock. Er wusch sich das Gesicht, nickte sich zu, als er sich abtrocknete: Schöner wirst du nicht. Er tappte zurück, nahm wieder Platz. Wartete.

Mailänder hatte schon im Flur den Rollstuhl aufgefaltet. Los, Hannes, setz dich. Das Ding lassen wir dann im Auto, die paar Schritte ins Lokal wirst du schaffen.

Am Arm von Mailänder betrat er das Restaurant. Hier war er vor seiner Krankheit Stammgast gewesen. Als der wurde er von Bruno, dem Wirt, begrüßt, was ihn rührte, vor allem die behutsame Zärtlichkeit des Willkommens: Herr Wenger, ich freue mich sehr, Sie begrüßen zu dürfen, im Namen der ganzen Crew; guten Abend, Herr Doktor Mailänder.

Bruno streichelte Wengers Arm, als müsse er sich seiner Gegenwart versichern.

Ihnen wurde »sein Tisch« zugewiesen. Auf dem Weg dahin ging ihm beinahe der Atem aus, nicht aus Schwäche, vor Glück. Er war wieder in seiner Stadt zu Hause, nicht mehr eingesperrt in der Wohnung.

Fast alle Tische waren besetzt, und einige Gäste grüßten. Er hatte sie vergessen. Bruno brachte die Karten, ergänzte sie mit Bemerkungen über das Frischeste: Seehecht, zum Beispiel, und Nierchen. Bruno kannte seine Vorliebe für Innereien. Um ihm eine Freude zu machen, hatte er seiner Küche aufgetragen, Kutteln auf Italienisch zuzubereiten. Ihr Aroma kehrte unvermittelt an seinen Gaumen zurück. Und dazu ein Weißer aus dem Friaul, fiel er Bruno ins Wort, als erinnere er sich an den Refrain eines oft gesungenen Liedes. Und ein Weißer aus dem Friaul!

Er akzeptierte, angekommen zu sein. Gewärmt von der Wiederholung.

Mailänder nahm nicht teil, blätterte hastig in der Karte, sah ungeduldig zum Eingang, lächelte ohne Grund.

Sag mal, erwartest du noch jemanden?

Die Überraschung!

Wenger suchte nach einem souveränen Satz: Kannst du sie mir nicht schonend beibringen?

Mailänder sprang auf, strahlte: Da ist sie!

Auf sie zu kam eine junge Frau, deren Aura so stark war, dass alle Gäste zu ihr hinsahen. Schwarzes Haar umschloss in wilden Locken einen schmalen Kopf, rahmte ein beinahe noch kindliches Gesicht, in dem sich große, dunkle Augen wunderten. Bruno lief ein paar Schritte neben ihr her und nahm ihr den leichten Mantel ab. Sie lachte und winkte ihm – oder ihnen? – zu.

Wenger stand mühsam auf, und Mailänder griff ihn unter den Arm. Langsam, sagte er.

Aber höflich, sagte Wenger.

Sie umarmte Mailänder und wandte sich Wenger zu. Sie sind sein Johannes? Er erzählt immer wieder von Ihnen.

Mailänder stellte sie vor: Frau Doktor Karola Merz, meine Kollegin.

Wenger verbeugte sich: Von Ihnen hat er mir nichts erzählt.

Ihr Lachen hörte sich wie eine Sammlung von dunklen Glockenschlägen an. Ihre Stimme gefiel ihm, ein in der Kehle aufgewärmter Alt.

Wir haben miteinander studiert und uns danach aus den Augen verloren. Karola arbeitete für Ärzte ohne Grenzen und ja – vor drei Monaten liefen wir uns in Frankfurt wieder über den Weg. Karola sah sich meine Praxis an und ließ sich überreden, mitzumachen, und wir nahmen beide, um uns über die gemeinsame Sache klar zu werden, Urlaub.

Mailänder redete schnell, gleichsam auswendig gelernte Sätze, sie begleitete ihn mit einem gelegentlichen Gelächter.

Wenger wollte Mailänder in seinem Schwung unterbrechen, hatte Vorwürfe auf der Zunge, nickte, schaute in die Speisekarte und dachte nicht daran, sich eine

Blöße zu geben. Mailänder sollte sich nicht einbilden, wie wichtig er für ihn, den alten Mann, sei.

Wir haben –, setzte Mailänder an.

Wenger unterbrach ihn, rief Bruno, der sich eben grüßend zwischen den Tischen bewegte: Sagen Sie, Bruno, habe ich mich vorher schon für die Nierchen entschieden? Er spielte den Vergesslichen, den Altersdumpfen.

Aber ja, Herr Wenger. Bruno rührte mit seinen großen Händen die Luft. Speziell für Sie!

Er hörte die beiden reden. Seine Stimme, ihre Stimme. Er entfernte sich. In Gedanken war er ganz allein Gast bei Bruno.

Hörst du überhaupt zu?, fragte Mailänder.

Sicher, antwortete er.

Der Kellner brachte, was sie bestellt hatten: Die Nieren nicht sauer, italienisch, sie dufteten nach Lorbeer und Thymian, lagen auf Wirsingblättern gebettet und wurden von einem Balsamicosößchen verzärtelt. Und dazu der Pinot Grigio aus dem Friaul. Eine Angelegenheit, die sich wiederholen ließe.

Du bist so schweigsam, Hannes.

Ich hör euch zu.

Ich habe nicht den Eindruck.

Ich beneide euch um Rügen, das Meer, die Brücke von Binz, den runden Platz von Putbus, ja um den Wind, den hohen Himmel und die schnellen Faserwolken.

Mailänder sah erst ihn, dann Karola an: Da spricht ein Sehnsüchtiger.

Ein Rollstuhlfahrer.

Mailänder legte das Besteck ab. Also unlängst plantest du noch eine Menge.

Wenger spießte ein grünes Nierchen auf die Gabel. Unlängst ist ein hässliches Wort.

Was ist an ihm hässlich?, fragte Mailänder verblüfft und ein wenig besorgt.

Hörst du es nicht, diese Verbindung von un- und längst?

Karola hatte den Wortwechsel amüsiert verfolgt, lachte, wischte sich mit der Serviette den Mund ab. Ich denke, sagte sie leise und mit Nachdruck, dass meine Anwesenheit euch anspannt und verändert. Ihr vertuscht Ängste und wirkt dabei ziemlich albern.

Welche Ängste? Mailänder warf ihr durchs erhobene Weinglas einen Blick zu.

Das alles war Wenger zu viel. Er straffte sich, trank ebenfalls einen Schluck. Es geht um meine Ängste, törichte Greisenängste oder, genauer gesagt, die Angst eines alt gewordenen Einzelgängers, einen Freund, einen jüngeren Gefährten zu verlieren, weil er mit einer jungen Partnerin ein neues Leben beginnen will. Kein Samariter mehr. Und der Alte fragt sich, wie seine Anhänglichkeit zu erklären ist. Weil er womöglich schwul ist oder Hilfe braucht, weil er den Doktor Mailänder mag und ihn als seinen Freund versteht. So ist es.

Danke, sagte Karola leise. Sie können auf mich zählen.

Bruno brachte die Rechnung. Sie verabschiedeten sich, brachen auf.

Mailänder hielt ihn am Arm, und als sie zum Auto gingen, war es Karola, die ihm beistand.

Der Wechsel gefiel ihm. Mit Stock und Dame über Asphalt und Stein, deklamierte er. Aufmerksam sah sie zu, wie Mailänder den Rollstuhl auffaltete und Wenger hinsetzte. Bleibt noch eine Weile.

Er wollte, dass der Abend nicht ende, hatte sich in dieses Gemisch von Aufbegehren und Resignation eingefühlt und es genossen.

Die Abendpflege begann, Mailänder wusste es, um halb elf. Er stand etwas unsicher zwischen ihnen. Er oder sie könnten, wenn er aus dem Gleichgewicht geriete, ihn halten.

Geh bitte den Wein holen, sagte er. In einer solchen Schwebe setzte sich das Gespräch fort.

Natürlich werde er wie immer nach ihm sehen, versicherte Mailänder, und Karola versprach, einzuspringen, wenn Mailänder in der Praxis festgehalten werde, da sie ja nur assistiere, und er hörte ihr gutturales Lachen mit Vergnügen.

Wir werden, sagte Mailänder beiläufig, heiraten. Aus der Praxisgemeinschaft soll eine Lebensgemeinschaft werden.

Nur nicht so hochtrabend, warf Wenger ein, und Karola wiederholte als Leitmotiv ihr Lachen. Mailänder sagte wiederum beiläufig: Ja, und das Kind kennst du noch nicht.

Das Kind?, fragte er und schaute zur Tür, als müsse es sogleich auftreten.

Katharina, fuhr Mailänder fort, Karolas Tochter aus erster Ehe. Sechs Jahre alt. Eine Herausforderung für Miesepeter wie dich.

Sie prosteten einander zu. Der Gedanke an das Kind beunruhigte ihn, was Karola merkte: Es braucht einen Opa hier.

Das sollte ich wohl werden.

Sie mussten gehen.

Die Abendpflegerin meldete sich mit dem üblichen Guten Abend. Es ist so weit, Herr Wenger.

Seine beiden Gäste verließen ihn überstürzt, Abschiedsformeln murmelnd: Ich melde mich, wir melden uns, Hannes.

Und dann begann das übliche Prozedere. Waschen, für die Nacht umziehen, ins Bett kriechen wie in eine Höhle.

Schlafen Sie gut, Herr Wenger.

Er dankte nicht, redete ins Kissen hinein, gab sich dem halben Tod hin. Der Tag hatte ihn erschöpft.

Es fiel ihm nicht mehr ein, wie das Kind hieß.

3.

Von einem gewissen Alter an tut
auch die Freude weh.

Charlie Chaplin

Zwei Mal kündigte Karola ihr Mädchen an. Es war entweder verhindert durch die Kita oder mit einer Freundin verabredet. Wenger kam sich albern vor, dass er sich wegen eines ihm unbekannten Kindes auf die Folter spannen ließ. Endlich trat es in Begleitung seiner Mutter auf – nicht schüchtern, nicht theatralisch, sondern eigentümlich ungeschützt: ein wenig schief, dünn, mit einem ebenmäßigen, wie aus einem alten Gemälde geholten Gesichtchen.

Das ist Katharina, stellte Karola ihre Tochter vor.

Sie stand angespannt, noch um einige Grad schräger: Und wer bist du?, fragte das Mädchen mit einer verblüffend knabenhaften Stimme.

Ich heiße Johannes und bin ein Freund deiner Eltern.

Also kein Opa, stellte Katharina fest.

Nein, kein Opa, aber ein alter Mann.

Aber so kann ich dich nicht nennen.

Wenger beugte sich staunend nach vorn: Sag eben Opa Hannes zu mir.

Sie trat einen Schritt vor, streckte den Arm, um ihm die Hand zu reichen, doch er saß zu weit weg. Er hielt dem Kind ebenfalls die Hand hin: Du, ich kann nur schwer aufstehen.

Dann komme ich, sagte Katharina. Sie legte ihre winzige trockene Hand in die seine, und er fürchtete, er könnte ihr, wenn er sie drückte, wehtun.

Dann bist du Opa Hannes. Sie drehte sich auf der Stelle um, ihm den Rücken zu, und erklärte ihm und der Mutter: Ich muss jetzt gehen.

Wohin?, fragte Karola überrascht.

Nach Hause.

Eilt es denn so?

Vielleicht. Sie machte sich auf den Weg.

Wart doch mal. Wenger klatschte in die Hände. Er machte eine Grimasse, schielte und versuchte, was er als Junge gut konnte, mit den Ohren zu wackeln.

Sie drehte sich um, sah ihm mit offenem Mund beim Grimassieren zu. Einen Moment lang legte sie die Hände vor die Augen. Deine Ohren wackeln, sagte sie mit Respekt. Kannst du das immer?

Immer. Du musst halt immer mal kommen und prüfen, ob ich es nicht verlernt habe.

Während er sich mit dem Kind unterhielt, war es zwei Schritte vor seine Mutter getreten, aus ihrem Schutz, und sein Gesicht teilte in winzigen Veränderungen mit, was in ihm vorging.

Es war ihm immer wieder nachgesagt worden, dass er sensibel mit Kindern umgehen könne.

Das zeigte sich jetzt. Doch dieses Mädchen gefiel ihm in seinem Eigensinn, und er überlegte, wie er es erneut einladen könnte. Er sah die Mutter fragend an und wendete sich an Katharina: Falls du Zeit und Lust hast – diese Wendung gefiel ihr, sie wurde ernst genommen und wiederholte auch sehr ernst: Zeit und Lust hast ... –, zeige ich dir mal die kleinen Häuser, die ich gebaut habe, in denen Hummeln, Hirschkäfer und Heuschrecken wohnen können.

Stimmt das?

Ja, die Häuser stimmen.

Karola drängte: Wir besuchen den Opa Hannes ja wieder.

Das Kind entschloss sich zu einer Abschiedszeremonie. Es trat noch einen Schritt näher zu Wenger, schielte fürchterlich, zog mit den Händen die Ohren hoch und streckte die Zunge heraus.

Das tat auch Wenger, musste die Ohren allerdings nicht ziehen und verblüffte das Kind mit einer ellenlangen Zunge.

Tschüss, sagte dessen Mutter, legte die Hand auf die Schulter des alten Spaßvogels.

Tschüss, sagte das Mädchen und hatte wieder ein klares, schönes Kindergesicht.

Mailänder schaute regelmäßig nach ihm, kontrollierte den Blutdruck, horchte ihn ab, beklopfte Wengers Rücken, um zu hören, ob das Wasser in der Lunge steige, mahnte ihn, die Diabeteswerte aufzuschreiben, hob das weiter bleischwere Bein und riet ihm, sich zu bewegen, nicht ständig am Schreibtisch zu sitzen, holte sich Auskünfte beim Pflegedienst.

Nur Karola und das Kind ließen sich nicht mehr sehen.

Die Architektenzeitschrift »Das Haus« wünschte sich einen Artikel über Rolf Gutbrod, den Baumeister der Stuttgarter Liederhalle, und versetzte ihn in eine, wie Mailänder meinte, heilsame Unruhe. Er blätterte in den Briefordnern, schlich stöhnend, das linke Bein nachziehend, von Zimmer zu Zimmer, von Schrank zu Regal, freute sich über Funde, bat Mailänder, ihn in die Deutsche Bibliothek zu bringen, es fehlten ihm einige Bücher, er müsse sich Auszüge machen lassen. Mailänder fuhr ihn, überließ ihn seiner Arbeit, und er merkte, wie ihn die kurzen Gespräche mit den Bibliothekaren, das Hin und Her im Lesesaal anstrengten. Mailänder hatte den Rollstuhl im Kofferraum gelassen und ihm erklärt: Trau deinen Beinen ein bisschen was zu.

Er begann gegen sich selbst zu wüten, lautlos, zwang sich, an der Theke die bestellten Bücher zu holen, bat niemanden um Hilfe, und als Mailänder kam, um ihn nach Hause zu bringen, hatte er die gefundenen Gutbrod-Stellen noch nicht kopieren lassen. Er saß zusammengesunken hinter dem Bücherstapel, hörte seine Lunge wimmern, unterdrückte aus Scham das Atmen. Ich hab mal geschwächelt, gestand er Mailänder und bat ihn, sich um die Kopien zu kümmern.

Mailänder führte ihn aus der Bibliothek zum Wagen. Er tat es heftiger als sonst. Wenger war klar, dass er ihm mit seiner Rücksichtslosigkeit und Schwäche auf die Nerven gegangen war.

Zu Hause, am Schreibtisch, telefonierte er mit dem Archiv der Berliner Akademie der Künste, fragte nach Einzelheiten aus dem Nachlass Gutbrods. Er wurde an das Architekturarchiv der Universität Karlsruhe verwiesen und hatte Glück. Er könne die wesentlichen Baupläne bekommen, auch von der Liederhalle.

Jetzt bringe ich Sie nicht mehr durcheinander, versprach er der Abendpflege, die offenkundig keine Ahnung hatte, was er meinte.

Gutbrod sei in Dornach gestorben, erfuhr er, in der Gralsburg der Anthroposophen. Steiners Lehre hatte zuweilen zu Reibungen zwischen ihnen geführt, doch die Großzügigkeit, die weite Bildung hatten ihn angezogen, als er einige Zeit in Gutbrods Büro gearbeitet hatte. Und die Musik. Sie hatten während der gemeinsamen Arbeit Musik gehört und vorher über Komponist und Komposition verhandelt.

Nun konnte er in den Plänen umhergehen, entstanden aus der Erinnerung Räume, Foyers, der Mozartsaal, der Beethovensaal, das Restaurant. Er stellte sich auf Geräusche, Stimmen, Echos und das Durcheinander von Instrumenten ein. Es könnte aber sein, dass sich Öffnungen ergeben. Verwegene Ausflüchte. Und Mailänder und das Kind könnten ihm helfen.

Das Kind. In seinem Leben hatte es nie Kinder gegeben. Allenfalls zu schnell und nur am Rand.

Arion, Knabe!
Ich bin mir nicht sicher, ob du noch ein Kind, ein Knabe warst, als dich die Delfine retteten. Die

Geschichte ging mir nah, noch als Kind, als ich mit meiner Mutter den Zwinger in Dresden besuchte und dich auf dem Delfin in einem Brunnen entdeckte. Steinern, eine Skulptur, eine wunderbare Portion Baukunst. Ein Wunderkind, redete ich mir ein. Ein frühreifer Dichter und Sänger. Der Mythos will, dass du in Sizilien an einem Sängerwettbewerb teilgenommen hast. Du, der Erfinder der Dithyrambe! Überhäuft mit Geschenken und Preisen reistest du heim. Die Matrosen auf dem Schiff mochten dich Gewinner nicht. Doch deine Gewinne. Sie drängten dich an die Reling, forderten dich auf, in die aufgewühlte See zu springen. In deiner Not stimmtest du einen Gegengesang an, ein Lied, das von dir erzählte. Und sprangst. Kaum warst du im Wasser, tauchte, von deinem Lied angezogen, ein Schwarm Delfine auf, sprang über die Wellen, spielte, und einer nahm dich auf seinen Rücken, trug dich davon, nach Hause.

Arion, ein Mädchen zwar und kein Knabe, doch ein Anfang. Ein Menschenbeginn mit allen Gaben, allen Vorzügen und Mängeln. Ich habe das Kind in mir verloren. Und seit einer Ewigkeit traue ich den Delfinen nicht mehr. Es sei denn, sie tummeln sich steinern in einem Brunnen. Ich hab ihn gesehen als Kind. Als ein Kind, das sich sieht, alt und von der Zeit weggedrängt.

Ich behaupte nicht, Arion, wie es sich bisweilen in dissozial eingefärbten Bekenntnissen anhört, ich hätte unter einer trostlosen Kindheit gelitten. Ich sprach mit einem kleinen hölzernen Kasper und ant-

wortete mir mit ihm. Was um mich geschah, blieb außerhalb. Es ist ein Abstand, über den die Angst der Erwachsenen nicht gelangt. Nein, ich habe keine Angst, ich bin befallen von einem Übermut, unterzugehen.

Die Rote Armee näherte sich Brünn. Meine Mutter debattierte nächtelang, auch im Luftschutzkeller, mit tschechischen Verwandten, ob sie vorm Krieg fliehen solle. Sie redeten über Gewalt, Lager, Folter, Vergewaltigung. Es hörte sich für mich an, als seien das nur Wörter, mit denen sie sich wehtun wollten. Am Ende wurde meine Mutter vergewaltigt. Und die Gewalt entdecke ich in der Gleichgültigkeit, mit der wir Kinder behandelt, gejagt, gescheucht und zur Seite gedrückt wurden. Wir waren Wochen mit einem Transport unterwegs. Es wurde nicht miteinander gesprochen, sondern gebrüllt, geklagt, geschrien, geheult. Ich zog die Decke über mich, ein Zelt, unter dem ich nicht zu sehen war, und redete mit meinem hölzernen Kasper.

Wir wurden von amerikanischen Soldaten entlaust, in ein Lager gesteckt und mussten warten, welcher Stadt wir zugeteilt würden. Meine Mama erfuhr es, ich nicht. Ich hatte mich schon auf dem Stockbett festgesetzt, beobachtete die spielenden Kinder und die Gemeinheiten, die sie sich antaten. Im Lager, in der Baracke, verließ mich meine Mama. Sie nahm eine Handvoll Schlaftabletten und starb. Ich hielt den Atem an und dachte, ich könnte ihr in den Himmel folgen. Fremde Leute hielten mich fest. Es müsse für mich gesorgt werden. Es hätte ein Delfin kommen können und mich retten, mich holen, Arion.

Ich wurde untergebracht. In Begleitung zweier strenger Frauen wurde ich in das Heim gebracht, in dem ich acht Jahre überlebte und es aufgab, mit Menschen umzugehen, bei einem Tischler in die Lehre ging und den Plan fasste, ein Haus zu bauen, Häuser zu bauen. Für sich und nebeneinander. Manchmal blieb ich über die Zeit in der Werkstatt und baute aus hölzernen Platten Häuser, waghalsig in der Form, und besiedelte sie mit bemalten Spänen. Meinem Meister gefiel das. Ich könnte Baumeister werden, meinte er. Mein Amtsvormund sorgte dafür, dass ich für ein Stipendium geprüft wurde. Ich bestand mit Erfolg. Anschluss suchte ich nicht. Ein paarmal schlief ich mit Frauen. Doch Nähe strengte mich an. Ich nahm Stimmen aus meiner Umgebung mit in meine Träume. Sie redeten manchmal heftig auf mich ein. Immer wieder gelang es mir jedoch, sie zu bündeln und dann verstummen zu lassen.

Düttmann nannte mich einen ständig Abwesenden, der über den Luxus von Hundehütten philosophiere, und versah mich mit ziemlich komplizierten Aufträgen. Wie gesagt, ich begann, über Hundehütten und andere Baulichkeiten fachlich fundierte Aufsätze zu schreiben, und bekam zunehmend auf diesem Feld Aufträge. Mitunter wurde ich auch als Architekt gebeten. So schlug ich mich durch, ohne Assistenten, ohne Sekretärin, in einem Büro, hinter dem Schild: »Johann Wenger, Architekt«. Ich werkte vor mich hin.

Die Einsamkeit, selbst gewählt, fraß sich als Alter ins Fleisch, in die Muskeln. Ich kränkelte oft. Das schleichende Siechtum schenkte mir Doktor med. Mailänder. Was weiß ich, wie es ihm gelang, die Grenze zu überschreiten? Er ist, wage ich zu sagen, mein Freund, Ein jüngerer Freund. So alt wie Du, Arion, gewesen sein musst, als Du für die Mythologen Arion wurdest. Für mich bleibst Du das auf dem Delfin reitende Kind. Für die Dauer aus Stein gehauen. Vielleicht habe ich die Chance, durch ein Kind belebt zu werden, leben zu lernen. Durch dieses wild und fröhlich grimassierende Mädchen Katharina. Sie ist, Arion, meine Hoffnung.

Er wühlte sich in die Gutbrod-Papiere, korrigierte manchmal, was er vorfand, fürchtete aber Auswüchse seiner Fantasie.

Der Sommer brach mit Unwettern ab, er richtete sich auf den Herbst ein. Das heißt, nach der sommerlichen Mattheit machten sich die Schmerzen heftig bemerkbar, auch der fehlende Atem, eine Bronchie begann zu brodeln. Mailänder trug den Abendpflegern auf, den Herrn Wenger, bitte, an den Sauerstoff anzuschließen. Und das nicht zu vergessen.

Könntest du, begann er an einem Abend, als sie das Programm von Mailänders Hochzeit mit Karola entwarfen, könntest du der kleinen Katharina nahelegen, mich einmal zu besuchen?

Mailänder spottete über diese umständliche Einladung. Ich könnte, nur weiß ich nicht, ob sie will. Immerhin erwähnt sie dich ab und zu.

Sag ihr, sie ist mit ihrer Mama eingeladen.

Und ich? Bin ich eingeladen?

Die Nachfrage erschreckte ihn. Ohne Mailänder wären das Kind und die Frau nicht zu denken.

Du doch sowieso.

Dennoch ließen sich Kind und Mutter weiter nicht sehen.

Mailänder hingegen erschien öfter zur »Visite«, wie er seine Besuche bezeichnete, kümmerte sich um Wengers zahllose »Baustellen«, prüfte ihn auf kaputtes Herz und kranke Niere, fragte ihn zwischendurch, ob er als Trauzeuge auftreten wolle.

Das habe ich mir gedacht, murmelte er und setzte den Gedanken mit der Frage nach den weiteren Trauzeugen fort.

Es wird Katharinas Vater sein.

Also gibt es noch Väter in diesem Stück.

Wie es sich gehört, meinte Mailänder und klopfte arhythmisch auf Wengers Rücken.

Danach war er wieder den tätigen Händen der Pfleger ausgeliefert, der strengen Tagesordnung, und es gelangen ihm mehrere Ausflüge in die Deutsche Bibliothek, in den Lesesaal, was ihn jedes Mal enorme Kraft kostete, vom Taxi mithilfe des Gehstocks und mühsam kleinen Schritten in das Gebäude zu gelangen und an der Theke erst einmal, zum Schreck der Bibliothekarin, atem- und wortlos dazustehen, blinzelnd sein Elend auszudrücken und mit einem »Jetzt geht's« zu seinen Wünschen zu kommen.

Mit dem Gutbrod war er noch nicht fertig. Die Berliner Akademie hatte ihm Briefe überlassen, und wann immer er in ihnen las, hörte er den Älteren, seine schwäbisch grundierte Ironie: Sie sollten nicht so stolz auf sich als Hagestolz sein, Wenger. Er lachte in sich hinein und redete eine Weile auf Gutbrod ein, lästerte über die Verkehrsschneisen in der Stadt und lobte die ausholende Freundlichkeit der Stuttgarter Waldorfschule. Sie haben den Beton den Gesetzen der Baukunst untergeordnet, Gutbrod.

Es gab während der Sitzungen im Lesesaal Momente, vor denen er sich fürchtete. In Gedanken sah er zu, wie die Leserinnen, die Leser hinauseilten, Bücher unterm Arm, und er drauf und dran war, ebenfalls loszustürzen, aber in sich selbst innehielt, mit einem Schuss Wut. Solche Schritte wie die schaffst du nicht.

Traumtänzer nannte ihn Mailänder, als er ihm von diesem Wunsch erzählte.

Als er, nach allen Vorbereitungen, den Aufsatz über Gutbrod und die Liederhalle zu schreiben begann, merkte er, wie rasch seine Konzentration nachließ, er müde wurde. Abgabetermine würde er noch vorsichtiger verabreden.

Als er den Text in einer Mail an die Redaktion schickte, hatte er den Eindruck, als wohne er in ihm, in Gutbrods Liederhalle.

Die Vorbereitungen für die Hochzeit nahmen Mailänder in Anspruch, als seine Vertreter schickte er die »beiden Damen«, die Wenger mit Laune unterhielten. Karola lud ihn in das Café gleich nebenan ein, aber bitte mit Rollator, und Katharina baute stundenlang kleine Städte, wie sie erklärte. Dabei erzählte sie von ihrer »Hoochzeit«, sie sei ziemlich aufgeregt.

Aber deine Mama heiratet doch.

Sie runzelte die Stirn und sah ihn grinsend an: Nicht wirklich.

Willst du mich auf den Arm nehmen?

Da wäre ich viel zu schwach.

Du bist ein unmögliches Kind.

Das sagt mein baldiger Papa auch immer.

Manchmal sprang sie auf, beschwerte sich bei ihrer Mama, dass der Opa Hannes sie überhaupt nicht verstehen wolle. Manchmal widmete sie sich schweigend ihrer Baukunst, erweiterte die kleine Stadt.

Mailänder, das merkte Wenger, beobachtete seinen Zustand misstrauisch. Er könnte vor der Hochzeit zusammenbrechen.

Wieder einmal, wie so oft vor Entscheidungen, machte er schlapp. Das Wasser stieg in seinen Beinen, füllte die Lunge, es fiel ihm schwer zu atmen. Die Pflegerinnen rieten Mailänder, Wenger ins Krankenhaus zu überweisen. Er bestand darauf, zu bleiben, zu Hause liegend einzugehen.

Das wirst du mir nicht antun, wehrte Mailänder ab und richtete ihn auf, mithilfe von Medikamenten und freundlichen Aussichten. Die Hochzeit allerdings, die in einem Schlosshotel in der Nähe gefeiert werden sollte, baute sich als drohende Kulisse auf. Nichts würde er bewältigen können, nichts. Mailänder lud ihn mit der Familie zum Probeessen und -sitzen ein.

Wie soll das gehen?

Du musst nicht.

Was heißt das?

Du musst nicht gehen, ich kann den Rollstuhl steuern.

Wenger kreuzte die Arme vor der Brust. Das ist mir peinlich.

Mailänder antwortete wütend: Und dass du es für peinlich hältst, finde ich peinlich.

Wenger lachte kurz auf. Wir reden Löcher in die Moral. Das Ganze wird komisch.

An einem Abend wurde die Pflegerin abbestellt und Mailänder holte ihn samt Rollstuhl ab. Die beiden Damen empfingen ihn im Auto mit einem Hallo, das ihn in seiner Stimmung entzückte, ein tragender Alt und ein quirliger Sopran.

Im Restaurant des Schlosshotels wurden sie bereits erwartet. Mailänder schob ihn im Rollstuhl auf die edle, im herbstlichen Abendlicht schwimmende Kulisse zu, und Wenger nickte so heftig, dass Mailänder dagegensteuern musste: Was sag ich, die prächtigste Gründerzeitgotik des ausgehenden neunzehnten Jahrhunderts.

Als er das sagte, fuhr Wenger ein stechender Schmerz in den Nacken, und als sie den Eingang des Hotels erreichten, saß sein Kopf schief auf dem Hals, ohne dass er ihn gerade richten konnte. Das Kind bemerkte als Erstes das Malheur.

Du siehst ja doof aus, so schief.

Muss ja so sein. Es gelang ihm nicht, deutlich zu sprechen.

Mailänder stellte sich hinter ihm auf, die beiden Damen vor ihm versuchten ihn einzurahmen. Mailänder massierte ihm mit weichen Händen den Nacken und drückte mit dem Daumen den Schmerz hin und her.

Jetzt habe ich euch den Abend verdorben.

Im Gegenteil. Mailänder rückte ihm den Kopf zurecht. Jetzt wissen wir, weshalb wir dich hierhergebracht haben. Ohne dich gerade zu rücken mit Speis, Getränk, guter Luft, stimulierender Umgebung. Du hast uns nur ein Signal gegeben mit schiefem Hals.

Sie rückten die Stühle durch den Kies an den Tisch, eine Geräuschouvertüre, die vor einer kurzen Stille ausbrach, bis sie endlich diskutieren konnten über das Angebot der Karte und Katharina, zum Erstaunen Karolas, Reisbrei bestellte.

Du und Brei. Ich muss mich wundern.

Die Lea war auch schon hier und fand den Brei lecker. Also!

Wenger überraschte noch mehr als das Kind. Den Brei nehme ich auch.

Stopp! Mailänder legte seine Hand auf die seines alten Freundes. Denk an den Zucker. Der erlaubt dir keinen Brei.

Katharina kicherte: Das ist ja wie im Märchen.

Das Lokal füllte sich allmählich mit Gästen, mit Stimmen. Wenger bestellte anstelle des Breis eine kleine Seezunge und ließ sich in den tönenden Raum treiben. Das Kind merkte seine Abwesenheit, hielt still, und erst nachdem das Essen serviert, Saft und Wein in den Gläsern war, wagte es, das Schweigen zu durchbrechen. Probieren wir hier die Hochzeit aus?, fragte es mit einer Stimme, die fest sein wollte.

Machen wir. Wenger beugte sich nachdenklich nach vorn, wir können auch probieren, uns dann nicht zu langweilen. Weißt du, er reckte sich, hob den Arm, rief den Kellner und bat um ein paar Blätter Papier und einen Bleistift oder Kuli. Weißt du, wir können ja miteinander die Gäste beobachten und uns Geschichten einfallen lassen. Geschichten zu zeichnen, die ich denke. Vielleicht du auch. Der Kellner brachte das Gewünschte, und Wenger begann unverzüglich zu zeichnen. Zum Beispiel dort den dicken Mann am Tisch vorm Podium. Es war schon immer eine seiner Stärken gewesen, Porträts und Landschaften zu zeichnen. Katharina verfolgte gespannt, wie der Kopf des Dicken aufs Papier kam, klatschte in die Hände, und er riet ihr, es auch zu versuchen. Vielleicht mit der Dame am Tisch gegenüber?! Sie begann. Er ermunterte sie. Ich seh schon, wie sie wird.

Der Eifer sprang um in Müdigkeit. Er wehrte sich gegen den Schlaf, sackte in sich zusammen und schlief ein.

Mailänder weckte ihn, ehe er ihm ins Auto helfen konnte.

Er schämte sich. Ich bin nicht zu gebrauchen.

Mailänder widersprach: Das werden wir ja sehen.

Bis zur Hochzeit besuchte ihn Katharina in wechselnder Begleitung, lernte zeichnen und sprach mit ihren Schulgeschichten auf ihn ein. Er hörte zu, nahm sich vor, sich der Familie Mailänder anzuschließen, auch wenn er ihr zur Last falle. Wie um diesen Vorsatz zu unterlaufen, ließ er sich gehen. Er rasierte sich tagelang nicht mehr. Er blieb vormittags liegen, frühstückte im Bett, verdross die Pflegerinnen, verwirrte Mailänder. Das Kind hatte, wie er es sich wünschte, Verständnis. Es redete auf ihn ein, erzählte Unsinn, war den Pflegerinnen im Weg, zeichnete an seinem Porträt einen Tag lang, bis es ihm seine Mutter wegriss: Du machst Opa Hannes noch verrückt! Aber der ist es doch, setzte der Opa hinzu.

Sie schaute an einem anderen Tag zu, wie die Physiotherapeutin mit leisen Fingerbewegungen die Lymphe aus dem dicken Bein trieb, sah das als Wunder an und wünschte die Lümpfe auf die Strümpfe, wie Wenger ihr soufflierte, doch ihr zukünftiger Ersatzvater, Mailänder, erklärte ihr voller Ernst und Wenger erschreckend, das Wasser könne das Herz von Opa ersäufen und aus wär's.

Na, das wäre herzlos fürs Herz, Doktor Mailänder.

Ihr Lachen mischte sich. Katharina bestand darauf, dass Lümpfen auch zu versuchen. Einen Nachmittag ließ sie ihre Fingerchen über sein altes, kaputtes Bein wandern.

Mit notwendigen Besuchen strengten sie ihn bis zum Fest an. Einmal führte Karola das Brautkleid vor. Sie gefiel ihm darin sehr. Richtig schön ausgestellt. Das sagte er ihr auch und verwirrte sie. Ein andermal demonstrierte ihm Karola, wie sie in ihren neuen knallroten Hochzeitsschuhen stand. Er ärgerte sie mit der freundlichen Nachfrage, ob die Dinger denn nicht zu klein und zu eng seien.

Dann meldete sich zu einem Abendessen beim Italiener Mailänder mit seinen Eltern an. In diesem Fall sparte er sich die Kommentare. Die beiden waren jünger als er, ihm sympathisch, und der Vater, erfolgreicher Chirurg, erklärte ihn zum Ersatzvater.

Aus Verlegenheit wurde er ungenau. Nein, nein, ich bin ein Übungsgegenstand, ein täglicher, in Sachen Senilität, wenn schon.

Mailänders Mama folgte schweigend dem Gespräch, eine noch im Alter sehr schöne Frau. Mitunter tauschten sie, als hielten sie in einem Spiel inne, Blicke.

Umständlich, um nicht komisch zu werden, begann er den Mythos vom neuen Styliten zu entwickeln. Mit den Säulenheiligen hatte er sich schon als junger Architekt beschäftigt, angeregt von einem Buch des dadaistischen Dichters Hugo Ball. Wie wurde die Säule, die oft fünfzehn Meter hoch war, bewohnbar? Wie wohnten die Heiligen? Simeon der Ältere zum Beispiel?

Mailänder fand sofort Gefallen an dem Witz, Wenger als Stylit an der Hochzeitsfeier teilnehmen zu lassen. In dem Rollstuhl, erhöht auf einem Podium in einer entlegenen Ecke, ausgestattet mit Accessoires der Styliten. Unser seltsamer Heiliger mit schwarzem Fez, kragenlosem weißem Hemd. Karola half mit Anregungen. Er müsste noch eine bunte Kette um den Hals tragen und Schokoladenhunde sollten zu seinen Füßen wachen. Und warum möchtest du Säulenheiliger werden?, fragte sie schließlich.

Ja, warum? Ganz einfach, um in Ruhe gelassen und nicht angequatscht zu werden. Oder ich erfinde mich als Stylit, damit ihr von mir erzählen könnt.

Und bunte Troddeln müssen wir noch anschaffen, als Schmuck. Mailänder geriet in Fahrt.

Wenger stand als einer der Trauzeugen neben dem Paar, hatte sich vorstellen lassen, wurde begrüßt. Er hatte Mailänder und Karola gratuliert, doch sich nicht auf den Umarmungsreigen eingelassen, sich davongestohlen in den gemieteten Festsaal, wo ihn in einer dämmrigen abgelegenen Nische »seine Säule« erwartete: der kleine Rollstuhl mit dem Pisspott unterm Sitz, doch oben auf einem hölzernen Podest, von Pommeln putzig umgeben, mit einem Wimpel gekennzeichnet, auf dem wiederum ein Rollstuhl abgebildet war, allerdings ohne Pisspott, ein Packen Bücher am Rand und auf einer Nebensäule Teller mit Leckereien, ein Champagnerglas.

Staunend, den Kopf im Nacken, stand er vor dem Aufbau. Er fragte sich nicht laut, er dachte die Frage: Wie komme ich da hoch? Und wie gerufen stand ein junger Mann neben ihm, musterte ihn grinsend: Sie wurden mir angekündigt, Herr Simeon.

Der bin ich.

Dann darf ich Ihnen helfen. Er zog unter dem Aufbau eine Leiter heraus, legte sie an und riet: Nur zu! Es wird Ihnen nichts passieren.

Wenger war sich beim Aufstieg keineswegs sicher. Doch der Mann umschlang ihn. Wenn, hätten sie zu dritt, zwei Männer und eine Leiter, nach hinten kippen können.

Als er sich nur sparsam auf dem Podest bewegen konnte, verschwand er unverzüglich aus dem Stühlchen, duckte sich und hörte zufrieden, wie der Mann verblüfft feststellte: Jetzt ist er weg!

Das wollte er so.

So unsichtbar und ungestört nahm er sich Zeit, einen Brief an Simeon den Älteren zu denken:

Ich grüße Dich, Simeon, von Säule zu Säule. Endlich kann ich meiner Bewunderung für Deine Existenz Ausdruck geben. Du wolltest, um Gott nahe zu sein, für Dich sein. Wem auch immer ich nahe bin, ich will für mich sein. Die Bekanntschaft zwischen uns vermittelte der Dichter Hugo Ball mit seinem wunderbaren Buch über drei Styliten. Ich las und bestärkte den Styliten in mir. Ich war etwa 25, arbeitete als junger Architekt bei Gutbrod, stöberte in den Vorräten des Antiquars Fritz Eggert, nutzte also die Arbeitspausen, und fand mit Hugo Ball nicht nur die Geschichte der Styliten, sondern auch Proben eines poetischen Zustands, des Dadaismus in Zürich, und als magischen Anhang die Erzählung von der Landfahrerin Emmy Hennings-Ball. Ich hatte Verwandte gefunden, Seelenwärmer, Traumbegleiter. Sie bestätigten mir meine Eigenheiten, meine eigenbrötlerische Aura. Der Spott, der mich in meine Einsamkeit trieb, meinen Wunsch, mich von allen normalen Idioten fernzuhalten, war an ihnen schon verbraucht.

Mit Gutbrod wagte ich's, über »meine Styliten« zu sprechen. Er ermunterte mich, über die Architektur der Säulen zu schreiben, wie sie womöglich errichtet wurden und welche Hilfen ihre Bewohner in ihnen fanden, gleichsam die unsichtbare Innenarchitektur. Mit meinen Überlegungen hatte ich Resonanz. Carl Linfert, Leiter des wissenschaftlichen Nachtprogramms des NWDR in Köln, fragte mich, ob ich mir einen Radioessay über die Styliten zutraue. Warum nicht? Ich hatte mir ohnehin eine ähnliche Herausforderung gewünscht. Auf einer Dienstreise machte ich halt in Köln. Wir hatten uns im Café Campi am Wallrafplatz verabredet. Nein, er war nicht zu übersehen, der Mentor der Styliten. Gewissermaßen als Gegenentwurf, wohlgerundet, keineswegs asketisch, eine unvergessliche Erscheinung von in sich ruhender Melancholie. Er kam gleich zur Sache, heiter auf der Höhe. Was mich abstrakt beschäftigte, die Idee der Styliten, rief er in eine verrückte Wirklichkeit zurück. Wie, überfiel er mich, stellen Sie sich den Innenausbau der Stelen vor? Ich geriet ins Schlingern. Nischen für den Vorrat brauche es, aber auch Einrichtungen für die Hygiene.

Nö, mein Lieber, dröhnte er zum Vergnügen der übrigen Gäste, Warmwasser, Dusche etc. gab es da oben nicht. Nur den wechselnden warmen Regen und Abflüsse, damit das Himmelswasser nicht stehen bleibe. So richteten wir uns mit Simeon ein. Er nahm mich mit in sein Büro im Funkhaus, wo er mir in Bündeln fotokopierte Styliten überreichte und mir noch zum Abschied erklärte, dass er sich solch einen Mitarbeiter wie mich gewünscht habe.

Nun gab ich, erhabener Stylit, meinem Wahn nach, mich zu entfernen, einer jeden Berührung zuvorzukommen, und konstruierte für die Hochzeit meines Arztes, meines liebsten Freundes, eine waghalsige Stele, mit meiner täglichen Hilfe, dem Rollstuhl. Hoch oben auf dem Podest in einem Abstellraum neben dem Festsaal, in dem Nähe und Lärm sich fatal verbündeten. Salve!

Wengers abwesende Anwesenheit sprach sich herum. Sie kamen allein, zu zweit, in Gruppen. Er sah sie nicht, hörte sie nur, sah sie aber, wenn er sie hörte.

Da oben soll er sein.

Sieht man aber gar nicht.

Da hat sich was bewegt.

Nein. Komische Idee.

Nicht ganz normal.

Sie redeten durcheinander, er stellte sie sich vor, baute sich Personen, tauschte alte Köpfe mit jungen, ließ aus Bäuchen die Luft raus, zog Beine länger, ließ Haare wachsen und ölte Glatzen.

Er wurde müde. Hier oben bleiben, dachte er. Er stellte sich vor, als Stylitenbaumeister ein Atelier zu eröffnen.

Ich kann ihn atmen hören, sagte jemand unten.

Das bildest du dir nur ein, sagte ein anderer.

Er schlief ein.

Es war ein Schlaf, in dem er unruhig umherirrte und darauf wartete, geweckt zu werden.

Herr Wenger, wurde gerufen.

Nein, der möchte er im Augenblick nicht sein. Er wollte antworten, aber seine Stimme versagte. Er brachte nur ein stöhnendes Raspelgeräusch zustande.

Komm! Wir wollen den Tag nicht ohne dich verbringen. Das Kind meutert!

Er wühlte sich aus der Decke, die Lampe nur knapp neben ihm an der Zimmerdecke blendete ihn. Dachte ich mir, sagte er, eine Nebensonne.

Mailänder reagierte rasch: Ein Säulenheiliger auf Winterreise, rief er, Stillstand gegen Bewegung.

Mailänder half ihm mit einem Stuhl, von seiner Säule herunterzukommen, umarmte ihn zum Willkomm. Wie schön, dich wiederzusehen. Einsamkeitshungriger, du wirst erwartet.

Einen Augenblick musste er nach Halt suchen. Ich bin höhenkrank, sagte er, brachte Mailänder zum Lachen und sank in den Rollstuhl.

Komisch ist das nicht.

Komisch bist du schon.

Er brach in die Gesellschaft ein, nahm ihr die geschwätzige Beiläufigkeit. Das Kind lief auf ihn zu: Opa Hannes! Wo warst du? Es umklammerte sein Bein.

Auf der Höhe, Katharina.

Wo?

Es war übertrieben. Aber ich will es dir so sagen, dass du es verstehst: in Gedanken weit weg.

Und wo?

Das kann ich dir nicht sagen.

Und bleibst du jetzt hier?

Ja, wenn du auf mich aufpasst.

Ich bin aber ein Kind.

Und ich ein alter Mann. Das ist beinahe das Gleiche.

Das Mädchen hat also einen Opa bekommen, hörte er eine Dame sagen.

Mailänder schob ihn an den Tisch, Katharina fasste ihn an der Hand. Ich sitze neben dir und die Mama auch. Er nahm Platz zwischen den beiden und setzte sich zur Rechten Katharinas.

Wenger blieb entfernt in seiner Raumkapsel. Wenn er wollte, gab der Lärm nach. Es war auch eine dringliche Müdigkeit, die zunahm, die er fürchtete. Er konnte einschlafen und sich zum Narren machen. Ihm gegenüber saß eine junge Frau. Mit sich beschäftigt, entdeckte er sie. Sein unsteter Blick fing ihr Gesicht ein. Das Gesicht fesselte in seiner Ebenmäßigkeit, seiner Jugend, einer Lüsternheit, die an das Altern grenzt. Es war schön, sie ist schön, wiederholte er stumm. Sie erwiderte seinen Blick, er hatte den Eindruck, sie prüfte ihn. Ein Lächeln löste die Strenge ihrer Gesichtszüge. Er kannte ihre Stimme schon, er hatte sie erwartet.

Sie sind also der Säulenheilige? Ich bin Leonore, Karolas Freundin.

Wenger. Er wollte einen Punkt setzen. Heftig, entschlossen. Nicht einer unbestimmten Sehnsucht nachgeben. Diese Frau war schön. Sie war eine Erinnerung. Oder war sie eine Versuchung? Er fand den Gedanken lächerlich. Ich habe die Liebe verlernt. Das war ein einfacher, aber ihm nicht angenehmer Satz. Oder sollte er denken: Ich fürchte mich vor Gemeinsamkeit und ziehe

Einsamkeit vor. Ich bin am Ende und habe schon den Anfang nicht gekonnt.

Katharina hob das peinlich gewordene Schweigen auf mit der banalen Feststellung: Das ist mein Opa Johannes.

Ich weiß, deine Mutter hat mir viel von ihm erzählt.

Was?

Wie sie ihn über deinen Papa kennen und schätzen gelernt hat.

Das ist aber nicht viel.

Und muss reichen, sagte die schöne Dame mit einem nachgeschickten Lachen.

Er träumte von ihr, obwohl sie nicht mehr viel miteinander sprachen. Sie drängte sich in einen Traum, ging ihm nah, kam ihm nah. Sie küsste ihn und er genoss es. Sie legte sich mit ihrem ganzen Gewicht auf ihn und löste sich auf. Er wollte nicht mehr an sie denken, um solchen Träumen zu entgehen. Dass er sie aber wiedertraf, Leonore, Freundin von Karola und Katharina, lag auf der Hand. Er war sich nicht sicher, ob sie sich an ihre Anwesenheit in seinem Traum erinnerte.

Sie sorgte für unerwartete Nähe, half ihm mit Mailänder in den Rollstuhl, übernahm es, ihn zu schieben, berührte mit der Hand seinen Nacken, hielt seine Hand, wenn er aufstand, unsicher. Sie bestach mit solchen Kleinigkeiten seine Fantasie. Ihn verblüffend, beschäftigte sie sich mit seiner Architektur, fragte ihn aus, ließ sich Pläne und Fotografien zeigen, und wenn er sich an seinen Schreibtisch schieben ließ, Papiere ausbreitete, beugte sie sich über seine Schulter, schickte Wärme aus. Das begann er, gegen seinen Vorsatz, Distanz zu bewahren, zu genießen. Er suchte Berührung, diese winzigen Stromschläge, die unter die Haut und in die Erinnerung gingen.

Uns trennen vierzig Jahre. Mit diesem Satz stemmte er sich gegen etwas, das er für einen Anfall von Liebe hielt.

Mailänder und das Kind wachten über sie beide. Wenger ersetzte Leonore durch den Zuruf Fidelio. Zieh die Hosen an, mein Fidelio, und ich wachse in meinem Rollstuhl fest und warte auf die Befreiung.

Fidelio und das Kind begleiteten ihn oft durch den Tag. Die Frau half ihm auch bei heiklen Verrichtungen, das Kind bewahrte ihn vor der Sprachlosigkeit. Sie forderte ihn heraus, zu erzählen, Geschichten von seinen Häusern. Öfter nahmen die Mailänders das Kind und ihn mit in ein Restaurant oder in Museen. Du musst raus, forderte Mailänder.

Das alles wurde zu viel für ihn. Er wollte bei sich bleiben, allein. Er wollte sich nicht für andere anstrengen müssen. Er überlegte, wie er sich zurückziehen, diese abwegige Lust nach jüngerer Haut loswerden könne. Nur Mailänders medizinische Hilfe und seine Aufmerksamkeit blieben ihm wichtig.

Leonore hatte ihn eingeladen, ohne Mailänder und das Kind, im Grüneburgpark spazieren zu gehen. Es verblüffte ihn immer wieder, wie souverän sie mit dem Rollstuhl umging, ihn in den Lift und aus dem Haus bugsierte. Er hörte ihre Schritte. Sie halfen ihm, sich vorzustellen: Fidelio! Welche Rolle fiel ihm zu?

Als sie den Park erreichten, begann sie in seinen Rücken zu reden, erzählte, was sie sah, die alten Bäume, die Hecken, in denen Kinder dann und wann verschwanden und wieder auftauchten. Was treiben sie da?, fragte sie. Er gab ihr keine Antwort.

Sie suchte nach einer Bank und schob den Rollstuhl, nachdem sie Platz genommen hatte, neben sich. Er umschloss mit der Hand die Lehne des Stuhls, dann griff sie nach seiner Hand. Er ließ es zu, wartete.

Die Einsamkeit, auf die Sie Wert legen, regt mich auf, begann sie.

Er zog seine Hand aus der ihren: Ja, ich lege Wert auf Abstände, sagte er, und seine Ungeduld trieb die Wörter vor sich her, ja, es ist keine Krankheit, nicht einmal eine Eigenart.

Sie stand auf, stellte sich hinter den Rollstuhl und beendete dieses Gespräch, das keines war: Ich bin mir nicht sicher.

Der Gedanke, sie könnte ihn im Rollstuhl im Park stehen lassen, ging ihm durch den Kopf. Er kicherte ihr hinterher: So geht das nicht, Fidelio.

Sie brachte ihn nach Hause. Auf dem Parkweg lagen die Schatten der Bäume wie Schwellen. Schon im Lift gab er der Spannung nach: Es ist besser, wir sehen uns nicht mehr. Ich mache uns etwas vor.

Ich glaubte, wir hätten uns gern, sagte sie, als sie die Wohnungstür aufschloss und den Rollstuhl in den Flur schubste.

Da fehlt mir der Glaube.

Aber das schien nicht so.

Ich war überwältigt von einem Gefühl, das ich vergessen hatte.

Ich möchte Ihnen nicht widersprechen. Ich bin zu jung für Sie, um den Verlust von Gefühlen zu beklagen.

Sie sind zu jung für mich und ich bin zu alt für Sie. Adieu, Leonore.

Der jähe Abschied überraschte sie. Er sah zu ihr hoch, sah, wie der Schreck ihr Gesicht spannte. Dann schüttelte sie den Kopf, beugte sich blitzschnell, küsste ihn auf die Stirn: Adieu, Hannes.

Sie ging. Er sah ihr nicht nach, schloss die Augen.

Ich denke mir einen Brief aus, Fidelio, den du nie bekommen wirst. Beethovens Oper, heißt es pathetisch, sei das »Hohelied der Gattentreue«. Unser Lied könnte es gar nicht sein. Ihre rasche Entscheidung schmerzt mich dennoch. Ich muss gestehen, dass ich in Sie verliebt war, dass ich Sie in manchen aufregenden Momenten sogar begehrte, ich alter, impotenter Gedankenspieler. Und Sie haben mich davor bewahrt, der Müdigkeit nachzugehen, dem Schlaf nachzugeben, zu schlafen im Rhythmus der Diakoniedamen, die mich zu »nötigen Verrichtungen« wecken. Mit Ihnen bin ich am Leben geblieben und war allem ausgesetzt, was das Leben mit sich bringt. Allerdings nur in kleinen Portionen: Beweglichkeit, Zuversicht, Erwartung, Lust. Sie haben mich einmal nach meinen Erfahrungen gefragt. Keine, antwortete ich. Nur stimmt das nicht. Es waren immer nur flüchtige Begegnungen, Berührungen.

Mit zwanzig habe ich mich mal an der Akademie in eine Kommilitonin verliebt, so heftig, dass ich Fieber bekam und in ihrer Anwesenheit stets verstummte. Ich träumte, mit ihr zu schlafen. Sie verschwand, weiß der Gott der Liebe, warum und wohin. Nein, denken Sie bloß nicht, ich sei ein von der Mutter dominiertes Jüngelchen gewesen. Im Gegenteil. Ich suchte schon als Kind die Freiheit im Alleinsein. Vielleicht eine Enttäuschung.

Und wie haben Sie Ihre Sexualität ausgelebt? Sie werden nach Begegnungen, Berührungen fragen. Es gibt keine Erinnerungen, sage ich mir mit Nachdruck. Natürlich gibt es sie. Sie geraten aber durcheinander. Benennen Sie keine Person. Sie können mich überfallen, einnehmen. Sie gleichen wunderbarer Musik, die ich kenne, der f-Moll-Fantasie zu vier Händen von Schubert. Er hat sie seiner angebeteten Musikschülerin Comtesse Esterházy gewidmet, wenige Monate vor seinem Tod komponiert. Ich treibe meinen Rollstuhl zum CD-Player und lege die Scheibe ein. Merken Sie, wie hier in einem Satz von Schubert zwei Epochen aneinandergeraten? Dieses Anfangsthema, diese unvergleichlich traurige und innige Frage an die Erinnerung. Ich möchte verschwinden, Fidelio. Und Sie sollten mich nicht suchen.

Er atmete durch, wiederholte, was er in seinem Brief geschildert hatte, bewegte sich quer durchs Zimmer zu dem Regal, auf dem »die Musik« angesiedelt war, legte die CD ein, stieß sich ab, als habe er etwas zu fürchten. Es waren die Tränen, die jedes Mal, wenn er die Fantasie hörte, sich einstellten. Er begann zu weinen.

Mailänder hatte er erklärt, als sie darauf zu sprechen kamen, auch in der Architektur gebe es so vollkommene Kunstgebilde, zum Beispiel den Löwenhof in der Alhambra. Als er einmal dort gewesen war und zufällig keine Touristen durchkamen, war er so überwältigt, dass ihm die Tränen hinunterrannen.

Er verbrachte ein ganzes Wochenende ohne Mailänder und ohne das Kind. Beide fehlten ihm, gestand er sich. Die Tage hielt er aus im Rhythmus der Pflegebesuche, dem geregelten Ablauf. Am Ende brach er auf. Er musste raus! Der Lift war nicht frei; als er durch die Tür glitt, grüßte die junge Frau, die am Aufzug stand. Er erwiderte den Gruß, wartete jedoch ab. Ein verstörtes Aber war durch die sich schließende Tür zu hören. Aber – murmelte er zurück. Der Lift, der danach kam, war leer. Er rollte aufatmend hinein. Im Parterre dröhnte ihm durch die offene Haustür schon die Straße entgegen. Er rollte hinaus und war sofort überwältigt von der Bewegung, die ihn erfasste. Alle und alles rasten um ihn herum. Er hielt an, stand Fußgängern im Weg, bis ihn einer rabiat zur Seite schob. Aber!, rief er und sah nicht einmal nach dem, dem er nachrief. Es war ein Morgen, der unter einem dauernden Aber stand, und er trieb seinen Stuhl voran. Die Anstrengung nötigte ihn zu Pausen. Weit konnte er nicht kommen, er musste seine Kräfte für den Rückweg aufsparen.

Ein Straßencafé bot ihm die Gelegenheit, sich auszuruhen. Er hielt an, suchte nach einem freien Tisch, entdeckte am Rand einen mit vier Stühlen, platzierte seinen Rollstuhl hinter einen und wartete, dass die Bedienung ihn zur Seite rücke und ihm Platz mache. Er wartete. Er spürte seine Ungeduld und saß nach vorn gebeugt, die Hände gefaltet. Ihm schien, der Kellner übersah ihn. Wann immer er auf ihn zukam, schlug er einen Haken, und als er am Nachbartisch stand, Wenger ihm ein Zeichen gab, verschwand er abrupt: Gleich.

Das junge Paar von nebenan stand auf, rückte den Stuhl beiseite und seinen Rollstuhl an den Tisch. Er war derart überrascht, dass er nur ein Danke stammeln konnte. Nun saß er am Tisch und konnte sich einen Kaffee und einen – unerlaubten – Kuchen bestellen. Er rief und er winkte, sobald der Kellner in seine Nähe kam. Dabei war es ihm unangenehm, den Gästen aufzufallen.

Als endlich der Kellner bei ihm stand, fragte er: Haben Sie was gegen Rollstuhlfahrer?, und brachte den Mann in Verlegenheit.

Nein. Aber nein!

Da war es wieder, das verflixte »Aber«.

Er saß, trank Kaffee, wunderte sich, dass er hier saß, fürchtete sich schon vor dem Heimweg, ohne Mailänder, seine Schubkraft. Er zahlte, konnte es nicht lassen, den Kellner nach dem »Aber« zu fragen. Der zog die Schultern hoch. Wenger genoss seine Hilflosigkeit: Aber nein! Das war schon stark.

Er trieb den Rollstuhl energisch vom Tisch und zwischen die Fußgänger. Wieder verdross ihn die Perspektive, in die er genötigt war. Es drängte ihn aufzustehen. Er wollte nicht nur auf die Kniekehlen, Hosen und Hintern, auf die untere Hälfte von Menschen sehen. Er hielt an, wurde zum Hindernis im Fußgängerstrom. Mühsam richtete er sich auf. Er genoss den aufkommenden Schwindel. Gleich werde ich, dachte er, nur noch Turnschuhe und High Heels sehen. Sie, die durch einen hinfälligen Gestürzten Gestörten, würden ihn entweder in Ruhe lassen oder einen Krankenwagen rufen. Der Rollstuhl würde auf die Seite gestellt und ihm verloren gehen. Eine Stimme über seinem Kopf überraschte ihn und fragte: Soll ich Ihnen helfen? Wohin möchten Sie denn geschoben werden?

Wenger wendete den Kopf und linste nach oben. Er sah einen von einem Bart zugewucherten Rundschädel.

Das habe ich nicht erwartet, stellte er fest.

Wohin?, fragte der hilfsbereite Bärtige.

Sollte er sich ihm anvertrauen? Vielleicht hatte er etwas Schräges vor.

Wollen Sie womöglich auch dorthin, wohin ich will?

Wie kommen Sie darauf? Ich wollte Ihnen in Ihrer Schwäche beispringen.

Das haben Sie sehr gehoben ausgedrückt.

Der Mann schickte ein herzliches Lachen über Wengers Kopf.

Deutsch ist auch schwierig.

Wem sagen Sie das? Woher kommen Sie? Wenger

sah sich nicht mehr nach dem Hilfsbereiten um. Er saß mit gesenktem Kopf.

Aus Prag. Aber ich bin schon lang hier. Seit dem Aufstand. Also habe ich Ihre Sprache lernen können.

Aber im Akzent noch eine Spur von der Stadt an der Moldau.

Jetzt drücken Sie sich gewählt aus.

Wenger setzte sich aufrecht: Ich hoffe, diese verlegenheitsgetrübten Sprechübungen lassen wir unterwegs bleiben.

Wohin?, fragte der Mann noch einmal.

Wenger zeigte stumm die Richtung an und sank in sich zusammen.

Eine Zeit lang schwieg er. Der Fremde schob ihn wortlos vor sich her. Er hatte den Eindruck, dass ein honigwarmes Spätherbstlicht plötzlich in die Straße einfalle. Frühes Licht und spätes tut Bauwerken gut, sagte er.

Wie kommen Sie darauf?

Schauen Sie sich doch um.

Der Mann stimmte ihm zu: Ja, das ist eben ein starkes Licht. Sind wir richtig hier?

Wenger sah sich gespielt um: Ja, das ist der Oeder Weg, eine lebhafte Straße zum Nordend.

Und wo wohnen Sie?

Das war die Frage, die er nicht hören wollte. Er wich aus. Wenn Sie Prager sind, müssten Sie auch Brünn kennen, die Stadt meiner Kindheit.

Aber ja! Wenger verblüffte der Enthusiasmus in der Stimme des Mannes: Der Dom, der Spielberg, der Krautmarkt, das Rathaus mit dem Drachen an der Decke der

Arkaden, der Augarten, das Národní dům. Eine erstaunlich lebendige Stadt. Die Stadt Janáčeks.

Und die Villa Tugendhat?

Ich habe sie nicht vergessen, aber sie passt eigentlich nicht nach Brünn.

Wenger richtete sich auf: Ich bitte Sie.

Ich weiß, ich weiß. Gebaut von Mies van der Rohe. Eine Ikone der modernen Architektur. Ich habe sie mir unlängst, nach der notwendigen Renovierung, wieder angeschaut.

In Brünn? Wohin die Villa nicht passt?

Das ist eben meine Meinung.

Ich bitte Sie. Wir dialogisieren à la Schwejk.

Das gefällt mir.

Jetzt entsprach seine Laune dem Licht. Das allerdings sichtlich schwand. Hier durch den Park, sagte er gegen seinen Vorsatz, dem Kerl seine Adresse nicht preiszugeben.

Er hatte genug. Die wenigen Sätze hatten ihn so angestrengt, dass er schrumpfte.

Er schluckte drei Mal hart: Hier sind wir!

Der Mann hielt an.

Sie können mich noch bis zum Lift bringen. Nach einer Pause fügte er etwas heftig hinzu: Und nicht weiter.

Der Mann schickte ein leises Lachen über Wengers Kopf. Ich verstehe, Herr Wenger. Sie sind der auf dem Schild im Eingang.

Ja, der war ich.

Den Eindruck habe ich nicht.

Die von mir gebauten Verschläge würden Ihnen kaum Eindruck machen.

Sie übertreiben.

Das hilft, mein Herr. Und wie ist Ihr Name?

Kratochwil.

Wenger klatschte in die Hände. Feiner böhmisch-deutscher Gassenadel. Freut mich, Herr Kratochwil.

Ich danke Ihnen. Wenger wendete sich mühsam dem Mann zu. Es war für mich ein selten unterhaltsamer Spaziergang.

Die Aufzugtür öffnete sich. Der Mann schob ihn in den Lift und trat wieder hinaus: Leben Sie wohl.

Wem wünschen Sie das? Adieu.

Während der Lift ihn nach oben, vor die Wohnungstür, brachte, ergriff ihn ein Gefühl besonderer Heiterkeit. Bei einem Kind hätte er gesagt: Ausgelassenheit. Er unterhielt sich weiter mit dem nicht anwesenden Kratochwil. Es geht hoch hinauf, Kratochwil, nicht mit Ihnen, mit mir.

Die Aufzugtür öffnete sich. Er trieb den Rollstuhl vor die Wohnungstür, begann in allen Taschen nach dem Schlüssel zu suchen, beschuldigte Kratochwil, ihn mutwillig versteckt zu haben. Schließlich fand er ihn, schloss auf und rief in den Flur hinein: Sie werden mich kennenlernen, Kratochwil aus Prag, aus der Höhe, sag ich Ihnen, aus meiner, ich werde Ihnen eine Rede halten, die ich für eine Seele wie die Ihre ausgedacht habe, ich, Simeon der Stylit, verschwinde aus meiner Höhe. Schau auf zu mir und höre, Kratochwil! In mir siehst du die exemplarische Existenz des zweiten Jahrtausends. Viel zu alt geworden, angefressen, ausgehöhlt von giftigen Erinnerungen. Als Kind in die Diktatur eingeübt, ein kleiner, lauter Nazi, hernach Schüler und ausgebildet von Mitläufern, auch des Bauhauses, Demokrat mit Willen, wider alle in Wahlen beschworene Sicherheit, unsicher bis ins Mark, aber empfindlich gegen Idioten und ideologische Schreihälse, empört über braun eingefärbte Widerläufer, Terror und Terroristen für das Ende einkalkulierend – so lasse ich mich gehen, besser gesagt: sitzen, im Rollstuhl. Und nun verschwinden Sie aus meinem Kopf, Kratochwil.

Sein Berg und er sanken in sich zusammen, er schlief ein und wehrte sich im Traum vor Kratochwil, der mutwillig auftauchte.

Vom Jungen mit dem Mittagessen wurde er geweckt: Es tut mir leid, Herr Wenger, Sie haben so tief geschlafen.

Nicht tief, mein Junge.

Der half ihm an den Esstisch und legte auch noch das Besteck aus, brachte Mineralwasser und ein Glas. Soll ich bleiben?

Willst du zusehen, wie ich die Suppe verschlafe?

Der Junge war so spurlos verschwunden, als habe ihn der alberne Satz aus dem Zimmer gewischt. Wieder schlief Wenger nach dem Essen. Als er wach wurde, ärgerte es ihn, sich nicht hingelegt zu haben, denn seine Glieder hatten sich so ans gekrümmte Sitzen gewöhnt, dass sie, setzte er sich auf, schmerzten. Er griff über den Tisch nach dem Telefon, wählte Mailänders Nummer, obwohl der ihn gebeten hatte, ihn nicht während der Sprechstunde anzurufen.

Mailänder reagierte auch mit einem ungehaltenen: Ja?

Wenger redete schneller, als es ihm je gelungen war: Entschuldige den unerlaubten Anruf. Mich drängt's, ich versacke schon in Selbstgesprächen. Kannst du mir die beiden Frauen auf den Weg bringen? Ich bitte dich.

Wann?, fragte Mailänder kurz angebunden. Noch heute? Morgen?

Morgen bitte, am Vormittag.

Ich höre mich wie ein gescholtenes Bübchen an, dachte Wenger, und er schickte, so gestimmt, noch eine Bitte nach: Aber das Kind möchte bitte Buntstifte mitbringen.

Mailänder antwortete nicht. Er würde die Bitte sicher ausrichten.

Wenger blieb sitzen, den Hörer in der Hand. Soll ich ihnen mitteilen, dass ich mich in einem Zustand befinde, der einer Existenz zwischen Grube und Gipfel gleicht, zwischen nicht mehr hier und kaum noch dort?

Nachdem ihn die Abendpflegerin ins Bett gebracht hatte, lag er noch lange wach. Die Buntstifte trieben ihn um. Er fragte sich, warum er die ohne jeden Plan vorgeschlagen hatte. Das Kind würde es ablehnen, wieder Häuser zu malen. Ich denke eng, sagte er laut in das dunkle Zimmer hinein, mir gehen die Einfälle aus. Mit der schwarzen Wand redend, glitt er in den Schlaf. Er träumte, das Kind sitze vor einem Bündel Buntstifte, die sich krümmten wie Regenwürmer. Und das Kind heulte. Schweißgebadet wachte er auf.

Karola und Katharina tauchten im Windschatten der spät gewünschten Morgenpflege auf. Das war den beiden peinlich. Und er vergnügte sich an der großen und kleinen Peinlichkeit: Was stellt ihr euch so an, ihr müsst ja nicht mit ins Bad, sozusagen auf den ersten Rang. Ihr könnt warten und lauschen, wie ich unter Anleitung meiner Pflegerin plansche. Bis gleich! Bis zum Kaffee, zum Kakao.

Als er erfrischt, begleitet von der Pflegerin, die sich verabschiedete, zurückkehrte, hatten seine beiden Gäste den Frühstückstisch gedeckt, alles aus der Küche eingesammelt, sogar Eier gekocht.

Die Badezeit dauerte genauso lang wie die Eierkochzeit, gab Katharina zum Besten.

Karola kramte aus ihrer Handtasche ein dickes Bündel Buntstifte. Auf jeden Fall jetzt noch nicht, jetzt wird erst gefrühstückt.

Und was soll ich mit den Stiften machen?, fragte Katharina.

Wenger rollte so nah an den Tisch, dass seine Brust die Kante berührte. Erst einmal ist Eierzeit.

Das ist blöd, meuterte das Kind.

Magst du Frühstückseier nicht? Soll ich dir deines köpfen?

Das Kind erlaubte es ihm. Es saß neben seiner Mutter ihm gegenüber am Tisch. Er hatte den Eindruck, es beobachte ihn, und er bemerkte entsetzt, wie seine Hand mit dem Eierlöffel bebte, sodass er nur unter größter Anstrengung das Eigelb mit dem Löffel aus dem Ei heben konnte. Dass seine Misere sie ebenso angestrengt hatte, gab sie durch einen knappen Seufzer kund.

Karola hob den Kopf: Was ist, Katharina?

Nix, eigentlich überhaupt nix.

Du sagst das so betont.

Was meinst du mit betont?

Nun war es an Karola zu seufzen.

Wenger stellte fest, dass er seine Hand ganz ruhig halten konnte, das Kind offenbar eine heilende Wirkung auf ihn ausübte. Er legte den Löffel ab und hielt die Hand über Tasse und Teller. Ich benehme mich dem Kind zuliebe, fand er. Das Kind grinste und lenkte ab: Könntest du die Buntstifte zu Regenwürmern machen?

Ich möchte lieber dorthin, wo die Regenwürmer echt und keine Buntstifte sind.

Karola sah ihn an, fragte und legte die Hand auf die Katharinas: Was meinst du?

Einen Ausflug in den Holzhausenpark.

Zu den Enten am Schlösschen.

Richtig, Kind. Die verspeisen möglicherweise Regenwürmer, aber keine Buntstifte.

Du bist ziemlich doof, Opa Hannes.

Karola versuchte weitere Wortwechsel zu unterbinden, räumte den Tisch frei, lief immer wieder in die Küche. Die beiden Kontrahenten, der Alte und das Kind, verfolgten sprachlos die Vorbereitungen des allgemeinen Aufbruchs. Er müsse Mantel und Schal anziehen, es wehe ein eisiger Wind. Er drückte sich aus dem Rollstuhl hoch. Die plötzlich aufkommende Unruhe riss an ihm. Er stand unsicher. Das Kind lief um ihn herum.

Karola bemühte sich, seine Arme in die Mantelärmel zu rangieren. Bitte hilf mir doch!

Jaja.

Sie setzte ihm lachend die irische Schiebermütze auf. Er wollte sich sträuben, doch er mochte ihre Nähe, ihre Behutsamkeit. Er brauchte lang, bis er in die Ärmel fand.

An solche Kälte war er, der Stubenhocker, nicht mehr gewohnt. Die Straße, in die sie hineinstürmten, schien wie in Glas gegossen. Nur ihre Bewegung ließ es schmelzen. Katharina rannte voran. Karola fragte, ob er friere. Nein, antwortete er, er wärme sich ganz von innen. Es tue ihm gut. Und er schämte sich dieses Eingeständnisses.

Halt bitte an! Karola folgte seinem Wunsch. Er sah zu, wie das Kind auf dem schmalen Weg in den Park hineinlief, sah, wie sich das ungeordnete Bild zu einer Szene fand, die von einer jungen Frau ausging, die sich mitten auf der Wiese mit gymnastischen Übungen aus der Kälte stahl. Sie tanzte im Gras. Katharina, das Kind, spiegelte sich, wiederholte, ungleich graziöser, die Bewegungen, er hatte den Eindruck, sie löse sich vom Boden.

Das Kind, sagte er.

Ja, manchmal tanzt das kleine Luder, erwiderte Karola.

Kein Luder. Ein Wesen. Ein Elf.

Wenn sie das wäre.

Das wollen wir ihr ersparen. Sie schob ihn in den Park hinein. Es war doch eine gute Idee, mich mit dieser Tour ins gefrorene Grüne zu unterhalten.

Er wandte sich Karola zu: Wir könnten ins Schlösschen gehen und die Clara-Schumann-Ausstellung anschauen. Dem Kind könnte die kleine Wieck gefallen, die tanzte auch so vor sich hin und über sich hinaus.

Karola gab sich in der Ausstellung Mühe, ihre Tochter zu unterhalten: Sieht sie nicht süß aus, die kleine Clara?

Find ich nicht.

Wenger begleitete die unwirschen Antworten des Kindes mit einem leisen Gelächter. Aber die hat ganz toll Klavier gespielt. Die war so alt wie du und reiste mit ihrem Papa in der Welt herum.

Bloß um Klavier zu spielen? Wieder löste das Kind Gelächter aus.

Die Wärme in dem Ausstellungsraum machte ihn müde: Ich glaube, ich brauche jetzt eine Portion Schlaf.

Ich nicht, Opa Hannes. Wir wollen doch noch spielen mit den Farbwürmern.

Das muss ich überschlafen, mein Mädchen.

Über was?

Über mich.

Oh, war Karola hinter ihm zu hören. Das war ein gewagter Wortwechsel.

Nach Hause! Sie schob ihn rasch vor sich her, und das Kind hüpfte ihnen wieder voraus. Er bedauerte es für einen Moment, sich von den beiden gleich verabschieden zu müssen.

In der Wohnung angekommen, versuchte das Kind noch einen Aufstand. Es warf sich vor den Rollstuhl. Du wolltest noch spielen.

Karola beschwichtigte. Er muss sich ausruhen, Katharina. Morgen ist auch noch ein Tag.

Das stimmt nicht.

Doch, das stimmt, widersprach Wenger heftig. Und jetzt lass mich in Frieden.

Du bist böse.

Das möchte ich auch sein.

Katharina verzog ihr Gesicht, nahe den Tränen.

Jetzt fang bloß nicht an zu heulen. Er hätte auch sagen können: Mir ist danach, dich aus dem Weg zu räumen, aufsässiges Kind. Ich bin das alles nicht mehr gewöhnt. Die Müdigkeit frisst mich von innen auf. Gleich kannst du zusehen, wie ich auseinanderbreche. Geh, ich bitte dich, geh!

Sie schien seine stumme Rede verstanden zu haben, sprang auf, fasste nach der Hand ihrer Mutter: Tschüss!

Er wartete nicht auf die Abendhelferin. Es war zu früh. Er trieb den Rollstuhl zuerst in die Küche, trank ein Glas Weinschorle, fuhr ins Schlafzimmer, kroch aus dem Rollstuhl ins Bett. Er hatte sich am Rande einer Ohnmacht befunden und stürzte ab. Am nächsten Morgen wachte er vom Weckruf der Pflegerin auf. Offenbar hatte ihn die Abendhelferin nicht zu wecken gewagt. Wie geht es Ihnen? Die Dame sorgte sich.

Mir geht es ausgeschlafen. Er wusste, mit solchen Sprüchen ärgerte er die Frauen.

Mir ist es ernst mit der Frage, korrigierte ihn die Dame.

Mir auch mit der Antwort.

Dann sind wir uns einig, schloss sie.

Er ließ sich waschen, ankleiden, das Frühstück servieren. Das alles geschah wortlos.

Er dankte ihr und wünschte ihr einen gelungenen Tag.

Danach rührte er sich tagelang nicht, meldete sich nicht am Telefon und ließ sich ganz, jede Initiative abgebend, auf den durch die Pflege rhythmisierten Tag ein.

Das Weihnachtsfest rückte näher, er merkte es an den Weihnachtsmännern, die auf seinem Schreibtisch von irgendeiner Pflegerin in Reih und Glied aufgestellt wurden. Er erklärte sie zu »meinem Adventskalender«, Fraß für Fliegen, Ameisen und Mäuse und das Kind.

Er schlief öfter über den Pflegetermin hinaus, nahm das Telefon nicht ab, genoss den, wie er Mailänder später erklärte, weltlosen Raum.

Als ihn Mailänder zum Weihnachtsabend einlud, lehnte er ab. Wenn schon, wolle er mit seinen Sentimentalitäten ohne Unterstützung auskommen.

Im Treppenhaus hörte er eine Frau »Fröhliche Weihnachten« rufen.

Nicht übertreiben!, fiel er ihr leise ins Wort.

4.

Wenn ihr eure Augen nicht gebraucht,
um zu sehen, werdet ihr sie brauchen,
um zu weinen.

Jean-Paul Sartre

Wenger gab verspätet den Aufsatz über die neue alte Frankfurter Altstadt ab. Die Redaktion beschied ihm, die Arbeit werde erst erscheinen, sobald die Bauarbeiten beendet seien. Mailänder sah ab und zu nach ihm. Nicht ein einziges Mal schob er seinen alten Freund im Rollstuhl hinaus ins Freie. Ich bin auf Binnenerkundung. Das war der Satz, mit dem er sich selbst Mailänder vom Leib hielt. Nach den Frauen erkundigte er sich nur selten. Seine Stimmungen wechselten, er konnte den Suizid erwägen oder, »um noch weiter zu vegetieren, den Schlaf bevorzugen«. Nur mit den Essensboten unterhielt er sich, was dazu führte, dass sein Wortschatz abnahm. Er fragte den Jungen nach den Zuständen draußen, nach dem Wetter, der Temperatur. Der Baum vor den Wohnzimmerfenstern ersetzte ihm allerdings die meteorologischen Auskünfte. Das angebrochene Jahr beeilte sich, gab der Baum noch kahl und eingeschwärzt kund, ehe der Februarschnee ihn weiß einstäubte. Wenger hatte Lust, wie noch vor Jahren, das Phänomen in einer Bleistiftzeichnung festzuhalten. Doch es war nur ein Anflug von Lust. Er sah die Knospen, die Blätter sich aufrollen.

Es fehlte ihm der Schwung, zwischen Bett und Ausflug, zwischen den seinen Tag skandierenden Besuchen der Pflegerinnen, sich Gesellschaft zu leisten.

Irgendwann, als die Blätter am Baum ihn schon mit dem feinsten Grün auf der Welt entzückten, gelang es Mailänder, ihn zu überreden. Hätte Wenger gewusst, wie die Schritte nach draußen enden würden, hätte er Mailänders Einladung in einen gemeinsamen Urlaub als eine Einladung in die Hölle bezeichnet. »Ein Ort in Höllen ist, heißt Übelbuchten/Ist ganz aus Stein, an Farbe weit und breit/Dem Eisen gleich wie eines Ringwalls Wuchten.« Er begann, nachdem ihn ein Essay über die unterschiedlichen Übersetzungen von Dantes »Göttlicher Komödie« beschäftigt hatte, das Werk zu lesen – in einer Übersetzung, die nicht sonderlich gelobt worden war. Mailänder musste bei jedem Besuch eine der Terzinen hören. Sie dienten Wenger als wörtliche Vertreiber.

Nach einem Quartal seiner Abwesenheit besuchten ihn, mit Mailänder, Karola und Katharina. Ihre Gegenwart rebellierte gegen seine Erinnerung. Karola erschien noch schöner, noch strahlender, aber in ihrer Reife auch etwas vulgär; das Kind war gewachsen und beeindruckte ihn mit einem erstaunlichen Selbstbewusstsein – kein Kind, ein Mädchen, korrigierte er sich. Mailänder redete ohne Punkt und Komma. Wenger begriff, es ging darum, ihn zu überreden: Wir haben für die Praxis eine sehr gute Vertretung gefunden. Du weißt, wir wollten doch gemeinsam in den Urlaub gehen. Es ist ja alles vorbereitet.

Du musst dich nicht wiederholen, Mailänder. Eure Vorbereitungen werden nicht bestritten.

Sie hatten sich alle ihre Sitzgelegenheiten gesucht und umkreisten ihn. Du bist dran, mahnte der freundliche Wächter in ihm.

Ich weiß es.

Mailänder sah ihn verblüfft an: Was weißt du?

Was ihr mir gleich vorschlagen werdet.

Aber – aber du kamst noch nicht dazu, dich mir zu offenbaren.

Gott ja. Das nicht.

Sie stolperten Wort für Wort auf eine Einladung zu, die Karola nachdrücklich unterstützte: Sag's ihm doch! Das Kind neben ihm fasste nach seiner Hand und drückte sie. Es sagte eigentümlich feierlich: Wir nehmen dich nämlich mit.

Karola fiel ihr ins Wort: Wir möchten dich einladen, mit uns in den Urlaub zu gehen, in die Osterferien.

Ich habe bei euch also Schulkindstatus.

Mailänder ließ sich hörbar auf einen Stuhl fallen. Du verhältst dich tatsächlich wie ein Schulkind. Und wie ein alt gewordenes Kind hast du gegen alles Einwände.

Du hast, wie so oft, recht, lieber Mailänder. Das alt gewordene Kind sieht auch mit schreckensgeweiteten Augen auf seine alt gewordene Gegenwart, wenn es so etwas gibt. Es sieht einen postpubertären Präsidenten nicht regieren, sondern twittern, es sieht eine Mörderbande, die sich auf menschenfreundliche muslimische Belegschaften der Alhambra berufen könnte, es hört die fürchterlichen Sprüche von radikalen Dummköpfen, die die dumpfe Ideologie seiner einstigen Gegenwart regenerieren wollen. Denunzianten und Galgenträger.

Mailänder klatschte in die Hände, das Kind applaudierte, von seinem Papa angestiftet, mit. Das war eine Rede nach deinem Geschmack. Aber, das musst du zugeben, wir haben dir deine Gegenwart nicht verdorben.

Nein. Wenger sah Mailänder lächelnd an: Deswegen folge ich euch in die Ferien, falls ihr nicht von mir verlangt, Ostereier zu suchen.

Aber von mir!, rief Katharina.

Wo soll es überhaupt hingehen?, fragte Wenger.

An die Ostsee, nach Travemünde. Dort fanden wir ein Hotel, das sich für jeden von uns eignet. Womöglich von einem Buddenbrook erstbewohnt.

Wer ist Buddenbrot?, fragte Katharina, die nun Wengers Nähe suchte.

Ein lübischer Vertreter von Knäckebrot, erklärte Wenger, was Mailänder mit einem grimmigen Ach kommentierte.

Schau her, Mailänder zog aus der Jackentasche einen Prospekt, das ist das Hotel. Katharina kann sich im Kinderklub vergnügen, und du kannst, wenn du magst, aus dem Schwimmbecken im Haus hinaus ins Freie schwimmen, dich dort im Strandkorb, nachdem du fünf Bahnen geschwommen bist, ausruhen. Oder im Meerwasserbecken deine Leichtigkeit genießen. Oder wir dinieren im Restaurant. Oder, mein Lieber, wir spazieren mit dir im Rollstuhl die Seepromenade entlang.

Deine vielen Oder machen mir die Ferien unheimlich,

Mailänder. Übrigens ist es bis dahin noch eine Weile. Draußen schmilzt der letzte Schnee.

Bevor wir aufbrechen, solltest du noch einmal untersucht werden. Dein Vorhofflimmern, die Wasseransammlung in den Beinen, in der Lunge, die Blutwerte.

Das hört sich an, als wünschtest du mich auf eine Schlachtbank.

Du bist unmöglich, klagte Karola. Es war das erste Mal, dass sie zu Wort kam.

Aber – Wenger untermalte das Aber mit einem Knurren – Mailänder versucht ja mit der Untersuchung herauszubekommen, ob ich für den Urlaub geeignet bin.

Geeignet!, rief das Kind.

Und wie kommen wir hin?

Wir fliegen bis Hamburg. Ist schon vorgesorgt, für dich mit besonderem Service: Rollstuhl auf dem Flughafen, zum Flugzeug. Das nennen die, ohne uns veralbern zu wollen: Rotkäppchen-Service.

Wenger begann wieder zu knurren, ohne jedoch zu einer bösen Bemerkung auszuholen.

Einen Rollstuhl stellt ebenso das Hotel zur Verfügung.

Die zukünftige Reise türmte sich vor ihm auf wie ein Trümmergrundstück. Es reicht, sagte er. Ich brauche jetzt Zeit, um nachzudenken. Auf jeden Fall komme ich mit. Er wurde dreifach umarmt. Das Kind küsste ihn auf die Wange.

Dann verschwanden sie. Er atmete ihnen nach und schlief auf dem Stuhl ein, merkte noch, wie ihm der Kopf auf dem Hals zu schwer wurde.

Ab und zu besuchten ihn dann doch Karola und Katharina. Mit dem Kind baute er Liliputstädte, die er Katharinenburg nannte, selbstverständlich nach der Zarin. Was das Kind zur Auskunft gab, befragt von der Mutter, war: Wir haben eine Stadt selbstverständlich nach der Zarin gebaut.

Welche Stadt, welche selbstverständliche Zarin?

Selbstverständlich Katharinenburg, ergänzte Wenger, nicht nur der Zarin wegen, ich meinte auch die kleine Baumeisterin.

Eine gute Weile vor Ostern holte ihn Karola in die Praxis ab: für die gründliche Untersuchung vor dem Urlaub.

Der Eifer Mailänders amüsierte ihn. Ich werde wie eine Wurst von einer Liege auf die andere gerollt und frage mich, was das für einen Einfluss auf meine Blutwerte haben soll.

Dein Blutdruck steigt ein wenig, und die Werte erfährst du morgen, wenn ich dich besuche.

Ich gebe alles ab, mein Blut, meinen Urin, mein EKG.

Du bringst, wertvoll, wie du bist, ganz schön alles durcheinander.

Findest du? Als er sich aufrichtete und fragte, fiel ihm auf, dass die Praxisräume Licht sammelten, die weißen Wände die Helligkeit, die durch die Fenster strömte, samt einem konstanten Straßengeräusch reflektierten. Raffiniert, sagte er.

Was meinst du damit?, fragte Mailänder.

Eine Raumidee, die mir eben einfiel, auffiel.

Du sprichst mal wieder in Rätseln.

Ich meine dich, deine Praxis, diesen Raum. Das wohltuende Licht.

Das ist gewollt, erwiderte Mailänder nicht ohne Stolz. Er half ihm von der Liege auf einen Stuhl. Wir müssen auflisten, worauf wir in Travemünde, geht es um deine Gesundheit, zu achten haben. Also auf Wasser, Gewichtszunahme, auf deinen Atem, deine Zuckerwerte, deinen Blutdruck und nicht zuletzt auf den Nierenwert, das Creatinin.

Crea, kürzten Arzt und Helfer ab. Wenger nannte es spöttisch Krähengeschrei.

Und Mailänder, inzwischen geübt in der Metaphorik seines Freundes, warnte: Wehe, das Geschrei wird zu laut!

Überraschend meldete sich, ehe sie nach Norden aufbrachen, Herr Kratochwil. Er klingelte, bat die Pflegerin, die öffnete, eingelassen zu werden, Herr Wenger erwarte ihn. Was Wenger einfach hinnahm. Im Grund hatte er den Prager auch erwartet, denn er hatte ihn nicht vergessen. Verlegen baute sich Kratochwil vor ihm auf, die Hände vorm Bauch gefaltet. Wenger versuchte die Sprachlosigkeit zu überwinden, indem er interessierte, doch sinnlose Fragen stellte: Welches Problem führt Sie überraschend zu mir? Brauchen Sie meinen Rat?

Kratochwil holte zu Antworten aus, schnappte nach Luft und erklärte schließlich seinen Besuch: Ich möchte Ihnen Fotos zeigen, die ich unlängst bei meinem Besuch in der Villa Tugendhat machte.

Wenger fühlte sich überrumpelt und schämte sich seines Misstrauens. Er wies auf den Stuhl neben seinem Rollstuhl. Da bin ich gespannt. Dass Sie an mich gedacht haben, nach dem flüchtigen Gespräch.

Sie sind doch vom Fach.

Ein bissel, möchte ich als Brünner anmerken.

Wenger fuhr zusammen, als sein ungebetener Gast aufsprang: Entschuldigen Sie, ich hole mir meine Aktentasche. Ich habe sie an der Garderobe gelassen.

Wenger sah ihm nach. Er hatte mit einem Mal nichts gegen die Unruhe und genoss sie. Er lehnte sich zurück, schloss die Augen und wartete auf Kratochwil mit der Aktentasche. Er hörte ihn kommen, hörte, wie er den Stuhl an den Tisch zog und das Schloss der Aktentasche öffnete.

Also, sagte Kratochwil und gab Wenger das Stichwort, wieder wach zu sein.

Es war einer der Momente, in denen er vergaß, dass er im Rollstuhl saß. Es war seine Gegenwart, er bestand darauf.

Halt, bevor Sie die Fotos zeigen, möchte ich Ihnen etwas vorführen. Die Konturen meiner Erinnerung.

Er zog den Block vor sich, der immer auf dem Tisch bereitlag, und begann zu zeichnen. Er zog sehr rasch senkrechte und waagrechte Linien, Parallelen für Fassaden und Terrassen, erklärte er.

Kratochwil verfolgte mit geneigtem Kopf das Entstehen der Villa aus dem Gedächtnis: Phänomenal, murmelte er.

Das Haus wuchs aus dem Hang, steigerte sich, befreit vom labilen Grund, zur gestaffelten Herrlichkeit.

Wenger warf Kratochwil von der Seite einen fragenden Blick zu: Sie drücken sich sehr kundig aus, Herr Kratochwil, können Sie mir verraten, welche Profession Sie haben?

Spaziergänger, Frührentner, vormals Arzt.

Wie Mailänder, stellte Wenger für sich fest.

Kratochwil breitete die Fotos rund um Wengers Zeichnung auf dem Tisch aus.

Wenger beugte sich über den Tisch. Sein Atem bewegte die Zeichnung. Da! Er schob ein Foto so vor sich, dass er es ohne Mühe betrachten konnte. Da! Die berühmte Onyxwand, die ohne jede statische Aufgabe Wohn- und Arbeitsbereich trennt. »Falscher Onyx«, der aus Marokko importiert wurde. Er merkte, dass er fahrig reagierte. Die einzelnen Bilder vor seinen Augen verschwammen. Nur eines rückte näher, wurde größer und deutlicher. Das Kinderzimmer. Hell und für Spiele offen. Ernst hieß das Kind. Wenger hatte den Eindruck, er stammle. Ernst. Er genoss das geräumige, Freiheit versprechende Haus nur ein paar Kinderjahre, bis die Nazis die Familie vertrieben und ihr Haus raubten.

Wissen Sie, dass die Gestapo dann die Villa übernahm?

Und nach dem Krieg wurde ein Kindergarten eingerichtet, wurden nicht wenige Räume demoliert, auch die Onyxwand verschwand.

Ernst wurde ein streitbarer Philosoph, lehrte unter anderem in Berlin, und seine spätgeborene Schwester Daniela kümmerte sich um das Haus, obwohl sie im Exil zur Welt kam und das Bauwunder nur aus den Erzählungen ihrer Eltern kannte.

Wenger bedeckte mit der Hand das Foto, als wolle er seinen Gast aus einem Raum ausschließen, den er mit einer anderen Erinnerung füllte als er.

Danke. Sie haben mich beschenkt. Er stützte sich auf den Lehnen ab. Sie können jetzt gehen.

Die Fotos können Sie behalten, Herr Wenger.

Er ließ sich mit einem harten Atemzug in den Rollstuhl sinken. Danke.

Darf ich Sie wieder besuchen?

Wenger sah Kratochwil lächelnd an: Nicht allzu oft, Pan Kratochwil.

Danach beschäftigte er sich mit den Fotos, musterte eins nach dem andern, bekam Lust, über Mies van der Rohe und sein Brünner Haus zu schreiben: »Meine Brünner Tante wohnte in einem Viertel am Rand der Stadt, das ›Schwarze Felder‹ genannt wurde. Wann immer wir in die Stadt gingen, hinunter zum Augarten, pflegte die Tante auf die weißen gestaffelten Wände und Balkons zu deuten: Schau, das ist ein wunderschönes Haus, und darin sitzt jetzt die Polizei, die dem Architekten und den Bewohnern des Hauses nicht gewogen ist.«

Eine aufkommende Schwäche, eine grässliche innere Haltlosigkeit ließ ihn mit dem Schreiben aufhören. Die Abendpflegerin stellte fest, dass er wohl Besuch gehabt hätte, der ihn angestrengt habe.

Er konnte solche Einmischungen nicht ausstehen. Das nicht, was Sie auch denken.

Sie räusperte sich anzüglich und schob ihn ins Bad.

Er schwieg und widersetzte sich nicht, obwohl er noch nicht zu Abend gegessen hatte. Er würde auch ohne ihre Hilfe zurechtkommen. Während er sich nach der Abendwäsche in der Küche Tee aufgoss und ein Brot belegte, begann er – gegen die Schreibschwäche, die er sich vorwarf – einen Brief an Mies van der Rohe zu denken:

Verehrter Mies van der Rohe,
    es war der Barcelona-Pavillon, mit dem ich meine Studienarbeiten begann. Mein Professor kam auf ihn zu sprechen, als karges Bauen, man nannte das damals minimalistisch, behandelt wurde. Die Villa Tugendhat, an der ich in den Brünner Schwarzen Feldern oft vorbeikam, verband meine Blicke mit der wundervollen Kargheit des Barceloner Pavillons. Mir wurde rasch klar, dass sie zur selben Zeit geplant und gebaut wurden, Ende der Zwanzigerjahre des letzten Jahrhunderts.
    1990 bin ich nach Barcelona gereist, eine Stadt, Sie werden mich verstehen, die durchaus anziehend für Architekten ist, mit Gaudi und der zur See fliehenden Magistrale, den Ramblas. Spanische Architekten haben den Pavillon, der nach der Weltausstellung abgerissen wurde, wieder nach Ihren Plänen aufgebaut. Ich befand mich nun an Ort und Stelle. Ein Traum öffnete sich für mich. Das in Wellen schwingende Licht versetzte mich in einen schwebenden Zustand. Da fand ich wieder, was für mich legendär war, die frei stehende Onyxwand, die gelei-

teten Durchblicke, die dafür sorgten, dass mir Georg Kolbes Skulptur »Die Nacht« Eindruck machte, obwohl ich mir nie etwas aus Kolbe gemacht habe. Aus einem Prospekt erfuhr ich, sie sei ein bestellter Nachguss. Das erhöhte meinen Respekt für die traditionsbewussten Katalanen. Ich hielt mich einen ganzen Nachmittag im Pavillon auf, bis die Dämmerung die lichte Weite dämpfte. Ich ging umher, blieb oft stehen, nahm Platz auf einem Ihrer berühmt gewordenen Barcelona-Sessel, hörte in der Stille meinen Atem und floh schließlich aus dem erfahrenen Glück. Im Hotel, als ich anhand der Papiere, die ich aus dem Pavillon mitgenommen hatte, die Gründe des Glücks entdecken wollte und mich fragte, wie weit ich als Architekt gekommen war, begann ich auf eine Person einzureden, die ich in diesem Moment gebraucht hätte, und eine große Mutlosigkeit erfasste mich. Ich war zu allein. Ich wollte nicht mehr leben. Auf der Rückreise hatte ich Zeit genug, mir auszudenken, wie ich mir das Leben nehmen könnte. Das einsame Leben begann mich allmählich zu zermürben. Ich konnte mich nicht mitteilen. Ich war nahe daran, an mir zu ersticken. Ich bin es nicht, wie ich, beschämt, mit diesem Brief vorführe.

5.

Übel ist es, auszuscheiden aus der
Schar der Lebendigen, ehe man stirbt.

Seneca

Die Ankunft im Hotel in Travemünde hätte, fand er, Tag für Tag wiederholt werden können: diese heitere Konfusion vor dem Empfang, die Begrüßungsorgie, all die Ankündigungen von Wohltaten, Vorschläge, Zurufe, mit welcher Luft- und Wassertemperatur zu rechnen sei. Und die Verteilung der Schlüssel! Für den Herrn Zimmer 7 im ersten Stock, erreichbar mit dem Lift, auch die Dusche ist selbstverständlich barrierefrei. Warum selbstverständlich?, fragte er, ohne gehört zu werden. Eine junge Concierge geleitete ihn und Mailänder, der den Rollstuhl steuerte, zum Zimmer. Die Dame ging erklärend voraus, öffnete die Tür zum Badezimmer, Wie gesagt, barrierefrei, die Tür zum Balkon, Mit dem Blick zur See, pries sie an, wendete sich von allen Aussichten ab, Wenger zu: Wann immer Sie Hilfe brauchen, Herr Wenger, wir sind für Sie da.

Mailänder dankte für ihn. Der Hausdiener löste die junge Frau ab, brachte Wengers Gepäck und den Rollator. Hinter ihm huschte Katharina ins Zimmer, rannte ein paar Runden um Wenger herum, fand das Zimmer schön, aber nicht so schön wie ihres, wir haben eine richtige Wohnung, Nummer 3, beinahe bei dir.

Es war eine lange Reise gewesen, die er fast ganz verschlafen hatte.

Willst du dich frisch machen?, fragte Mailänder. Hier werden dir deine guten Pflegegeister fehlen.

Du irrst dich. Ich bin für zwei Wochen von ihnen befreit.

Mailänder schob ihn auf den Balkon: Ich fürchte, du übertreibst.

Er roch das Meer. Er lauschte auf eine andere Welt, auf einen maritimen Jahrmarkt, eine scheppernde Windmusik und das Geschrei von spielenden Kindern. Personen wanderten, wie von Schnüren gezogen, auf dem Weg zur Promenade. Das ist ein Bild, dachte er, das dauern könnte. Mit mir dauern.

Kommst du zum Schwimmen? Katharina fasste nach seiner Hand.

Heute noch nicht, Kind. Ich muss mich erst an alles gewöhnen.

Kommst du aber zum Abendessen?

Daran gewöhne ich mich gern.

Gut. Sie ließ seine Hand los. Ich hol dich.

Nicht gleich.

Aber bald.

Mailänder bremste das Mädchen in seinem Schwung: Opa Hannes muss sich noch ausruhen.

Du hast doch im Zug geschlafen!

Wenger hob den Arm: Denkst du. Ich muss mich einfach vom Schlaf erholen.

Das gibt's nicht. Sie schaute ihn wütend an.

Doch, das kann's geben.

Wir gehen jetzt, beendete Mailänder den Wortwechsel. Mit einem Mal waren sie fort. Es blieb, wie ein Echo, ein Rest von Lärm und Unruhe in seinem Gedächtnis.

Er beschloss, auf dem Balkon im Rollstuhl auszuruhen, denn er hatte, bevor er sich hinlegen wollte, die Höhe des Bettes geprüft. Es war zu niedrig, und er würde ohne Hilfe nicht hinauskommen können. Er trieb den Rollstuhl bis an die Brüstung, sodass er ohne Mühe hinunterschauen konnte, und mit dem Blick auf die bewegte, in ein hartes Seelicht gebettete Szene schlief er ein.

Es war ein Schlaf, an dessen Grenze die Stimmen der Feriengäste sich bündelten und absackten in sein Unterbewusstsein. Er träumte, dass in einer Prozession gut gelaunte Leute an ihm vorüberzogen, manche ihn mit Namen grüßten und er sich fragte, wie sie dazu kämen.

Er wurde geweckt. Ein Hüne hatte sich unbemerkt neben ihm aufgebaut: Verzeihen Sie, Herr Doktor Mailänder hat mich beauftragt, Ihnen beizustehen.

Wenger ließ seine Blicke an dem Mann hochwandern: Das tun Sie ja gerade.

Der Mann beugte sich andeutend über Wenger: Wie bitte?

Sie stehen gerade bei mir oder versuchen mir beizustehen.

Der Mann lachte in sich hinein, wurde ernst: Helwig, stellte er sich vor, aber Sie können mich Paul rufen. Wollen Sie sich für den Abend frisch machen und umziehen?

Haben Sie das alles mit mir vor, sind Sie sozusagen mein Osterpfleger?

Ein wenig über Ostern hinaus.

Wenger sackte zusammen, wie immer, wenn er sich der Einsicht fügte, dass er in seiner Situation gefangen war. Also fangen Sie an. Haben Sie das überhaupt gelernt?

Selbstverständlich.

Und das ließ er ihn merken, im Bad, bei der Wäsche, beim Umziehen. Er tat es diskret, mit einer Routine, die jede Grobheit vermied.

Während der ganzen Prozedur sprach er nicht. Erst als Wenger fertig angezogen war, fuhr er ihn vor den Spiegel im Entrée. Einverstanden?

Sie haben vergessen, mich zu kämmen, Herr Paul.

Paul, sagen Sie bitte Paul.

Nein, Herr Paul. Wir bleiben beim Sie. Und nun kämmen Sie mich bitte scheitellos.

Das tat er. Danach brachte er ihn zum Abendessen.

Guck mal, erläuterte Katharina die Lage, das ist unser Tisch, auch fürs Frühstück. Der Platz, an dem kein Stuhl steht, ist für dich. Paul schob ihn in die Lücke und verabschiedete sich: Sie haben mein Telefon. Ehe Sie zu Bett gehen, rufen Sie mich bitte an. Da Wenger nicht reagierte, beteuerte er: So ist es abgemacht.

Wenger atmete die wirbelnde Salzluft, die durch die zum Vorgarten geöffnete Glastür drang, tief ein. Er hatte schon lange nicht mehr so Atem geholt. Es ist offenbar alles abgemacht.

Karola las aus der Speisekarte vor: Speziell für Katharina.

Das Kind hörte mit offenem Mund zu. Pass auf, dass

dir kein Täubchen ins Mäulchen fliegt. Vielleicht sogar eine Möwe.

Das wäre eklig.

Das Restaurant war gut besetzt. Er hörte die Stimmen am Tisch in dem Stimmenteppich fremd und hervorgehoben, Ostern wurde geplant, wie das Kind unterhalten wird.

Hör mal nicht her, Katharina. Der Kinderklub hat ein Programm. Am Freitag könnten wir nach Lübeck. In St. Marien wird eine von Bachs Passionen aufgeführt.

Welche?

Ist das in dem Fall wichtig? Mailänder musterte Wenger erstaunt.

Die Johannes-Passion ist mir näher. Diese Musik ist unglaublich real. Das wüste Barrabas-Geschrei des Volkes – es wiederholt sich ja von Epoche zu Epoche. Nur gekreuzigt wird keiner mehr.

Er bestand darauf, einzig eine Bouillon zu sich nehmen zu wollen.

Mailänder legte seinen Löffel neben den seinen, als wolle er seinen Appetit verdoppeln. Der Hunger wird dich heute Nacht wecken.

Hast du eine Ahnung von meinem Schlaf.

Hab ich, mein Lieber.

Er nahm nicht mehr am Gespräch teil, horchte vielmehr auf die Gespräche an den benachbarten Tischen, die durch die Entfernung einen Teil ihres Sinns verloren und sich zu lauter aufgeregtem Unsinn konzentrierten.

Er ist weggetreten, hörte er Karola flüstern.

Und Katharina, neben ihm, wiederholte laut und betont: Du bist weggetreten.

Ja, sagte er und strich dem Kind übers Haar. Ich möchte, wenn's möglich ist, abtreten. Bevor man mich aufs Zimmer bringt und Herrn Paul alarmiert, möchte ich noch kurz vor die Tür. Das Kind rannte ihnen voraus, Mailänder stoppte mit dem Rollstuhl, als ginge es um eine besondere Aussicht. Es öffnete sich wieder diese banale Ferienlandschaft. Doch der Himmel über der See riss auf, ein in giftigem Weiß blinkender Spalt, an den Rändern schwefelgelb.

Ob über Ostern das Wetter freundlich bleibt?

Ich bin sicher. Karola hatte sich vor ihm aufgestellt, schön und zuversichtlich, und nahm ihm den Blick.

Beste Temperaturen für harte Eier.

Sie reagierten nicht. Katharina fragte nicht einmal, warum das so sei. Aber sie hatte ihm noch während der Mahlzeit ein Stichwort gegeben, das ihn beunruhigte. Du musst mit mir ins Schwimmbad kommen und zugucken, wie ich die Seepferdchen-Prüfung mache, im Meerwasserbecken und dann, weil ich schwimmen kann, mit mir zusammen schwimmen. Ja, Opa Johannes?

Herr Paul wartete vor dem Zimmer auf ihn. Übernahm, wie er erklärte, und bereitete ihn freundlich und beinahe wortlos für die Nacht vor.

Eine ängstliche Frage begann sich in seinem Kopf einzunisten, und er war sicher, sie würde ihm den Schlaf nehmen: Wie komme ich hin, wer hilft mir ins Wasser? Soll ich ein paar Schritte zum Beckenrand versuchen, mich mit dem Rollstuhl ins Wasser kippen, einen Skandal riskieren?

Die Schwimmbecken glichen dann keineswegs seiner Schreckensfantasie: Das kleinere Meerwasserbecken lag neben dem größeren, das sich im Freien fortsetzte, dort, wo die Hotelgäste sich nahe dem Strand vorstellen durften, am Strand zu liegen und in Strandkörben, mit ein bisschen Sand neben dem Rasen.

Die heftigen Geräusche von draußen, vom anliegenden Rummelplatz traten wie in einem Hörspiel zurück, um den Stimmen ums Becken als Grundierung zu dienen.

Herr Paul hatte ihm geholfen, sich für das Bad fertig zu machen, und seinen wunderbaren leichten und hautfreundlichen Bademantel gelobt. Er wagte auch noch eine Übertreibung: Sie sehen aus, als ob Sie täglich Wellness betreiben.

Mit dieser Bemerkung hatte er ein Stichwort für einen jähen Gefühlssturz Wengers gegeben. Ein Narr des Wohlstands, lieber Herr Paul, und ein Gefäß für schlechtes Gewissen. Wir genießen unser Inseldasein, scheren uns wenig um das, was um uns herum passiert. Eine Welt und ihre müde gewordene Moral kracht zusammen. Maulhelden treffen sich, die, sollten sie Macht bekommen, sich als Mörder und Folterknechte entpuppen. Wir reden schön, was furchtbar ist, Herr Paul.

Der schob ihm den Stuhl in die Kniekehle. Ich stimme Ihnen zu, Herr Wenger. Doch was kann unsereiner tun?

Unsereiner? Einer genügt, Herr Paul, der mit Vernunft und Wehmut anderen mitteilt, was uns verloren gehen könnte.

Das ist zu wünschen.

Wenger ruckte wütend in seinem Rollstuhl. Wer weiß, welche Wünsche die Verwünschten haben? Schluss der Diskussion.

Herr Paul nahm mit seinem Pflegling Fahrt auf. Der Weg in den Bereich Wellness führte an einer Theke vorbei, an der junge, uniformierte Damen Salben und Säfte für die Schönheit anboten. Wenger staunte über die Preise und war nahe daran, eine Philippika über Geld und falsche Schönheit von sich zu geben.

Herr Paul stoppte ihn. Kost-spielig, das Wort müsste Ihnen gefallen.

Wenger erwiderte mit einem Lachen: Auf zum Wasser, Herr Paul.

Katharina kam winkend auf sie zugelaufen. Zwergenausgabe einer Badenden, mit hochgestecktem Haar und winzigem Bikini.

Ich sehe das alles, sagte er vor sich hin und für Herrn Paul, ich sehe das Leben, das mich auszustoßen droht.

Ein Satz, den Herr Paul mit einem dürftigen Na ja kommentierte. Der überließ Mailänder den Rollstuhl, der Katharina gefolgt war.

Du sollst erst einmal Katharina bei der Prüfung zum Seepferdchen zuschauen oder anfeuern, wie's dir beliebt.

Der Bademeister erwartete sie, ein freundlicher junger Mann. Er begann die Aufgabe zu erklären, und Mailänder verschwand. Katharina stand winzig und sichtlich angespannt vor dem langen Kerl und nahm zur Kenntnis, dass sie das Becken in der ganzen Länge von fünfundzwanzig Metern durchschwimmen müsse, ohne sich an den Rand zu retten, dass sie vom Rand ins Wasser zu springen habe und, nachdem sie geschwommen sei, vom Grund des flachen Beckens einen Teller fischen solle. Wenger war sicher, dass es dem Kind gelingen würde, den Schwimmlehrer aus der Fassung zu bringen.

Warum einen Teller?, fragte es.

Der ist schwer genug, bleibt auf dem Grund liegen.

Groß oder klein?, wurde er weiter gefragt.

Er fasste Katharina am Arm, rettete sich vor weiteren Fragen und stellte sich an den Rand des Schwimmbeckens, aus dem es nach Meer roch. Spring und dann schwimm los.

Wenger hatte sich auf die Bank gesetzt, die die ganze Länge der Badehalle einnahm, versteckt im Halbdunkel. Er durfte der Müdigkeit nicht nachgeben, sondern wollte dem Kind zusehen, es anspornen. Sie sprang und schwamm zu seinem Erstaunen zügig und nicht, wie Anfänger, paddelnd wie ein Hündchen.

Sehr gut, bald hast du es geschafft, rief er. Er zog den Rollstuhl neben sich, mühte sich auf ihn und rollte zum anderen Ende des Bassins. Dort zog sie sich, ein weißhäutiger Froschleib, über den Rand.

Bravo!

Sie blies ihm Salzwasser auf die Brust, grinste und wendete sich dem Bademeister zu, der sich davonstehlen wollte. Ich krieg aber noch die Urkunde.

Ich wollte sie gerade im Büro holen.

Kann ich die Prüfung noch mal machen? Krieg ich dann zwei Seepferdchen?

Der Mann war schon weg. Die Fragen hatten ihm Beine gemacht.

Und was ist jetzt mit der Urkunde? Das Kind war untröstlich.

Er wird sie dir bringen. Er weiß, dass du mit deinen Eltern Hotelgast bist.

Und mit dir.

Ja, auch mit mir. Nur bin ich eher ein Gast als Gast.

Das ist doch Quatsch, Opa Hannes.

Aber nur der Versuch von Quatsch.

Mit dir kann ich nicht richtig reden.

Sie ging neben dem Rollstuhl her, den er vorantrieb, allmählich schwer atmend.

Sie reagierte energisch. Ich schiebe dich jetzt, sagte sie, und er spürte ihren Atem in seinem Nacken. Bloß nicht so rumeiern, warnte er.

Sie bestand darauf, schnurgerade zu fahren.

Mit einem Sturzregen von Küssen und trompeteten Gratulationen wurden sie von den Eltern empfangen. Katharina teilte sofort mit, ihr fehle noch die Urkunde. Und das Seepferdchen auf der Bikinihose. Das musst du noch bestellen, Mama.

Das Kind ließ ihm und sich Zeit. Er lud es zum Eis ein. Sie bat ihn, ihr zu erzählen, wie gut sie die Prüfung bestanden habe. Erst springen, dann schwimmen, dann tauchen. Dann brachte sie ihn mit der Aufforderung, mit ihr schwimmen zu gehen, aus der Fassung. Bitte!

Das muss ich mir überlegen, Katharina, vielleicht morgen.

Du bist feig.

Bin ich nicht, nein. Ich bin krank und alt.

Du hast gesagt, du kannst schwimmen.

Das kann ich. Er hörte sich zu und ärgerte sich über den weinerlichen Tonfall. Warum, ging es ihm plötzlich durch den Kopf, warum habe ich mich auf diesen Urlaub, der keiner ist, eingelassen, warum balge ich mich in Wortwechseln mit einem vorlauten Kind? Warum? Ihm fiel ein, dass ihn die Frage, wie er ins Wasser gelangen werde, geplagt hatte.

Das Kind sagte: Soll ich dich halten?

Aber sein Vater fiel ihm ins Wort: Zieh den Bademantel aus, ich begleite dich.

Sie schauten ihm zu, wie er den Mantel ablegte. Es war ihm peinlich.

Das Kind sagte: Du hast einen dicken Bauch.

Das stimmt, bestätigte Mailänder, und Wasser in den Beinen hast du auch. Vielleicht sollten wir hier noch deine Blutwerte, vor allem das Crea, prüfen.

Er führte ihn ans Becken, half ihm aus dem Stuhl, griff ihn unter den Arm und ging mit ihm die Stufen ins Becken. Das Kind hielt seine Hand fest und riss ihn am Ende aus dem Stand. Er tauchte unter, schluckte Wasser, spie aus, fluchte und probierte ein paar Schwimmzüge. Er konnte es, er war leicht. Er könnte untergehen, auf dem Grund bleiben, steinschwer für immer. Von allen Spielarten des Schlafs wäre der Unterwasserschlaf nicht der übelste.

Die Lust zum Atmen – oder die Not – trieb ihn hoch. Mailänder fing ihn auf, hielt ihn. Es reicht.

In den Bademantel gehüllt, endlich im Strandkorb, verlangte ihn nach Herrn Paul und einer längeren Ruhe. Sogar das Kind hatte Verständnis.

Im Schlaf ging er am Strand spazieren. Er glaubte sich nicht. Das ist unmöglich, dachte er im Traum. Ich kann nicht gehen, hörte er sich sagen. Und er wachte davon auf, dass er mit sich selbst redete. Er stand auf, setzte sich in den Rollstuhl, trieb ihn auf den Balkon. Dort blieb er sitzen, döste vor sich hin, bis die Dämmerung den Horizont aufnahm.

Er könnte einen Brief an Mailänder denken. Er könnte ihn auch schreiben. Er zog es vor, ihn zu denken, ein geschriebener Brief wäre ihm zu aufdringlich:

Mailänder, lieber Freund und Leibarzt, ausgebuffter Kenner meiner maladen Partien, Begleiter meines Herz- und Hirninfarkts, des Lungenemphysems und der steigenden Diabetes. Empfindsamer Beobachter meiner zunehmenden Lymphe und meiner schwindenden Creatininwerte. Erschrockener Entdecker des eingebluteten Psoas-Muskels, dieses inneren Blutergusses, der das linke Bein lähmte und mich in den Rollstuhl drückte.

Du hast mich nie gesund und beweglich gesehen, kennst mich als alternden Krüppel. Was gäbe ich dafür, mit Dir durch Städte zu spazieren oder Bahnhöfe zu erkunden. Ich frage mich, warum Du mir als

Begleiter einfällst. Reisen halfen meinem Hang zum Alleinsein. Ich zog die Tarnkappe auf und verlor mich in mir. In der Stadt, in die mich ein Auftrag der Architekturblätter verschlug, suchte ich die Räume, die mir vertraut waren durch die Baumeister, und in denen ich gleichsam verschwinden konnte. Als ich in Berlin – noch war ich zu Fuß – umherlief, durchaus gezielt von der Akademie im Hansaviertel zum Pariser Platz, von Düttmann, meinem Mentor, zu Behnisch, dem mitunter zornigen Visionär.

Ich suchte mir einen Platz in der Caféteria im Parterre der Akademie am Hansaplatz, schlüpfte unter den Blicken neugieriger Gäste weg, wendete mich ab, sobald ich merkte, dass irgendeiner irgendeine Anstalt machte, mich anzusprechen. Ich war hier, atmete den Raum ein und war dennoch nicht vorhanden. Ich rührte mich nicht, zog in Gedanken durchs Foyer, durch die Ausstellungssäle im ersten Stock, setzte mich in die erste Reihe im Studio, geriet in die verrückte Bilderwelt der »Rede an die Akademie«, die hier aufgeführt wurde, Klaus Kammer spielte den ehrgeizigen Affen Kafkas. Es könnte mir passieren, derart verwandelt zu werden: eingeschlossen in ein fremdes Wesen, fern von mir.

In der Caféteria am Pariser Platz gelang mir diese Abwesenheit nicht. Behnischs kühner Bau, in dem die Treppen die Rolle von Sälen übernehmen, kühlt Träume aus, weist Einsame ab. Die Gäste sitzen in einem Korridor, der durch das Haus führt, und ständig tauchen in Pulks Touristen oder Passanten auf,

Stimmen und Gelächter vorausschickend, oder das Schnarren von Rollkoffern auf dem Steinboden ist zu hören. Nur das Studio unterm Dach mit der Terrasse, die einen Blick auf den Pariser Platz, das Brandenburger Tor schenkt, nur dieses Studio schafft in seiner Weitläufigkeit, die aufnimmt und nicht abweist, kleinste Bezirke für Einsame. Und falls Dir ein anderer nahekommt, kannst Du auf die Terrasse fliehen, Dich an die Brüstung lehnen und mit Blicken über den Platz fliegen.

Ich bewege mich in diesem Brief, lieber Mailänder, als hättest nicht Du mich, die Lunge bis zum Ersticken angefüllt mit Wasser, mit dem Notarzt auf die Intensivstation geschickt. Und mit dem nachgetragenen Satz: Das war knapp, Herr Wenger.

Wir gehen neuerdings anders miteinander um. Es ist nicht mehr der junge Arzt, den die Einsamkeit des alten Mannes beunruhigt, dass er ihm auf Dauer seine Aufmerksamkeit schenkt; es ist nicht mehr der alte Mann, der sich überrumpelt fühlt und erwärmt durch eine ungefragte und unerwartete Freundschaft. Nun ist es der Ehemann und Vater, der seine Frau und seine Tochter, das Kind, ausschickt, um Gemeinsamkeit herzustellen, die, das gestehe ich, anregen und wohltun.

Morgen werden wir die Johannes-Passion in Lübeck in der Marienkirche hören. Ich bin nicht sicher, ob sie dem gehörten Vorbild standhält, und ich bin sicher, dass Du dann meine Zweifel merken wirst.

Ich besitze seit Jahren eine Aufnahme der Thomaner unter Günter Ramin. Da singt den Evangelisten, diesen erregten Erzähler, der Tenor Ernst Häfliger. Er singt ihn so, als rufe er den Geist der Erzählung. Ihr Innerstes. Das sollst Du wissen. Und da der Brief ein gedachter ist, wenigstens ahnen.

Die Passion konnte ihn nicht enttäuschen. Die Musik überrannte ihn wieder und erfüllte ihn mit einer kaum aufbrauchbaren Trauer. Markus Schäfer sang den Evangelisten. Er machte Häfliger nicht vergessen.

Auf der Heimfahrt im Taxi schluchzte Karola plötzlich auf. Diese knappe, von der bachschen Klage angestoßene Klage griff Wenger so ans Herz, dass er sie umarmen wollte. Er wandte sich zu ihr und sagte es ihr auch. Das wäre zum ersten Mal gewesen, erwiderte sie. Das verdanken wir Johann Sebastian Bach.

Mailänder drückte ihn freundlich zurück in den Sitz. Hast du die Platte mit Häfliger noch?

Hast du überhaupt einen Plattenspieler, Mailänder?

Schon.

Dann kriegst du sie. Doch behandle sie behutsam. Ich wünsche euch eine gute Nacht. Vergesst das Kind nicht bei seiner Hotelersatzmama abzuholen. Auf mich wartet Herr Paul.

Herr Paul hatte den Spätdienst übernommen. Er erwartete ihn mit einem kleinen Imbiss und schonte ihn beim Zähneputzen mit unsinnigen Anweisungen. Er fragte nicht nach dem Konzert in Lübeck. Mit einem

Satz erwies er sich als kundiger Mithörer und Kenner: Der Schäfer ist ein guter Evangelist.

Dem widerspreche ich nicht, Herr Paul.

Den weihte er jedoch nicht ein in sein Vorhaben, das den ganzen kommenden Tag ausfüllen sollte. Er plante, ohne Begleitung die Uferpromenade entlangzufahren, sich auf den Rummel dort einzulassen.

Ohne Begleitung?, rief ihm die junge Frau am Empfang entgeistert nach, als er das Hotel verließ. Er duckte sich unter ihrer Frage weg.

Langsam trieb er den Rollstuhl voran, merkte, wie wenig er in dieser Tätigkeit geübt war. Manchmal musste er Spaziergängern, die ihn kaum beachteten, ausweichen, und eine kleine Welle von Zorn stieg in ihm hoch. Oft hielt er an, atmete die Luft ein, sie war leicht gesalzen und legte sich in Schuppen auf seine Zunge. Ein Kinderkarussell drehte sich auf der Wiese neben dem Weg, die Fahrt schien viel zu kosten, denn die Kinder rannten neben dem Karussell her und besetzten nicht die Pferdekutschen und Feuerwehrautos. Eine Weile sah er dem, wie er fand, widersinnigen Treiben zu. Hielt das Karussell an, taten es auch die mitlaufenden Kinder. Standen und holten Atem und dachten nicht daran, ein Pferd zu besteigen, einen Wagen zu besetzen.

Als er sich von Neuem fortbewegen wollte, schien ihm der Rollstuhl noch schwerer und unhandlicher. Er musste durchhalten, nahm er sich vor, wenigstens die Hälfte des für ihn sichtbaren Uferwegs. Dort lockte ihn eine Imbissbude, ein kleines Barackenrestaurant.

Er fuhr hinein, auf einen Tisch zu und sah, wie die Bedienung einen Stuhl für ihn wegräumte, an einem Ecktisch, viel zu groß für ihn und wunderbar exzentrisch für seine geübte Einsamkeit.

Die Bedienung rückte den Rollstuhl näher an den Tisch, wartete auf seine Bestellung, wobei sie ihre Hand auf seine Schulter legte. Er beugte sich nach vorn und entfernte sich von ihr.

Na, sagte sie. Das hörte sich nicht vorwurfsvoll an, sondern erstaunt. Was darf ich Ihnen bringen?

Haben Sie Whisky?

Welchen?

Malt, Bourbon?

Bourbon, wegen der Amerikaner.

Ach, wegen der Amerikaner. Gibt's hier so viele?

Nö, aber einen Bourbon kann ich Ihnen servieren.

Ohne Wasser. Und einen doppelten, bitte.

Er hatte das Gefühl, eine Grenze überschritten zu haben. Dieses Lokal, dürftig, eine Station für Schutzbedürftige, verbarg die Grenze zwischen Lärm und Tonlosigkeit, zwischen den anderen und ihm, zwischen Gemeinsamkeit und Alleinsein.

Die Bedienung brachte den Whisky, drückte sich einen Moment an ihn. Er sah zu ihr hoch, lächelte und trank den Whisky in einem langen und tiefen Schluck. Noch einen!

Sie wiederholte zweifelnd: Noch einen? Und ging.

Er sah sich um. Fast jeder Tisch war besetzt. Offenbar gab es Stammgäste und Zufallskunden wie ihn. Er spürte, dass die schützende Lufthaut ihn umschloss, und er spürte sein Alleinsein wie ein Vakuum, in dem er sich befand. Die Stimmen entfernten sich. Nur die Frage blieb, ob er denn noch einen Whisky haben wolle.

Jaja. Er hörte sich, als befinde er sich weit weg. Jaja.

Wieder drückte sich das Mädchen an ihn. Warum, fragte er sich, was ist mit mir los? Er genoss tatsächlich diese Form von selbst gewähltem Ausgesetztsein.

Die Zeit verging, und der wiederholte Bourbon wirkte. Der Boden unter dem Rollstuhl bewegte sich. Und er, so für sich, wirkte anscheinend auf manchen Gast wie ein Magnet. Sein Tisch bot genügend Platz. Zuerst setzte sich ein hagerer Mann mit Hut und Mantel zu ihm, verbeugte sich grüßend oder entschuldigend und prostete ihm zu. Nach ihm nahm ein kleiner Fettleibiger, der sich schonend und doch heftig bewegte, neben ihm Platz und auf der anderen Seite die aufdringliche Kellnerin, die ebenfalls kein Wort sprach, doch neben einem Bier für sich auch einen Whisky für ihn brachte. Der Boden unter ihm wurde von der Brandung draußen bewegt, und er bewegte sich mit. Er hatte seit Langem nicht mehr so viel getrunken. Das Mädchen legte ihren Kopf auf seine Schulter. Er wog schwer, und sie roch nach einem Parfüm, das er nicht mochte.

Bitte nicht, murmelte er in das leere Whiskyglas.

Was möchten Sie wissen? Der Mann mit Hut beugte sich fragend über den Tisch.

Ist was?, fragte der kleine Dicke.

Noch einen Whisky?, fragte der Kopf auf seiner Schulter.

Das ist mir egal. Ja, doch. So wollte er gar nicht antworten.

Sie verschwand, kehrte zurück, stellte den Whisky vor ihn auf den Tisch. Ihr Kopf wurde noch schwerer. Sie atmete ihm in den Hals. Der Boden unter dem Rollstuhl begann zu hüpfen, bald würde er bersten. Das Mädchen umarmte ihn, als müsse sie ihn festhalten. Sie küsste ihn auf die Stirn. Und eine Stimme nebenan schnarrte: Was hast du mit dem alten Arsch?

Ich, rief er und fiel aus sich heraus, knallte auf den Tisch. Die Stimmen und Aufregungen rundum zogen sich zurück. Ich, hörte er sich rufen. Seine Atemzüge wurden kürzer. Er könnte ersticken.

Das Mädchen zerrte ihn hoch und nahm ihn in die Arme. Ruft den Notarzt, sagte sie ihm ins Ohr. Vielleicht, dachte er, hörten es auch die anderen. Dann ging er sich verloren.

Der Notarzt holte ihn zurück, schob ihm den Sauerstoffstecker in die Nase, erkundigte sich bei dem Mädchen nach ihm.

Ich kenne ihn nicht.

Nein?

Er kam hier rein, setzte sich hin und trank eine Menge Whisky.

Und Sie machten ihm nicht klar, dass es zu viel ist?

Wenn einer wie er säuft, dann will er es. Ich weiß nicht mal, wie er heißt.

Alle redeten eine Zeit lang über ihn. Er begann sich zu vergessen und verstand sie nicht. Zu atmen fiel ihm mit der Sauerstoffhilfe nicht mehr schwer.

Ich hätte ihn nicht mehr bedienen sollen, hörte er das Mädchen. Aber ich mochte ihn irgendwie, einen Opa in seinem Rolli.

Sie mochte ihn irgendwie. Da war ihr schwerer Kopf.

Hannes! Wieso mischte sich Mailänder plötzlich ein und drängelte sich in den Notarztwagen, begrüßte den Kollegen und schob das Mädchen zur Seite.

Wenger suchte nach einem erklärenden Satz: Entschuldige, Mailänder, ich war sinnlos besoffen.

Die beiden Ärzte hatten offenbar beschlossen, ihn ins Hotel zu bringen.

Die Fahrt ist ja nur kurz.

Ist dir übel?

Nein. Vergesst meinen Rollstuhl nicht.

Das Mädchen schloss ihn wieder ungefragt in die Arme, küsste ihn auf die Stirn und suchte mit ihrem Mund nach seinem. Er drückte sie weg.

Machen Sie's gut. Vielleicht komme ich irgendwann mal vorbei. Das wollte er wieder nicht sagen.

Im Hotel erwarteten ihn Karola und Katharina, musterten ihn wie einen Fremden. Nur Herr Paul, der ihn mit Mailänder auf sein Zimmer brachte, wirkte keineswegs irritiert.

6.

Jeder muss wissen, worauf er
bei einer Reise zu sehen hat
und was seine Sache ist.

Johann Wolfgang von Goethe

Herr Paul hütete Wengers restliche Urlaubstage. Er weckte ihn, brachte ihn zum Frühstück, verschwand, tauchte aber auf, sobald die Familie sich absetzte, zum Meer spazierte und Katharina darauf bestand, Karussell zu fahren. Er entfernte sich mit seinem alten Pflegling, setzte ein Gespräch fort, das sie am Tag zuvor geführt hatten. Er wehrte sich sogar nicht mehr dagegen, dass ihn nun auch Mailänder und Katharina Herr Paul riefen, fügte sich, blieb präsent, nur störte er nicht. Mailänder beklagte, dass ihn die Würde des Herrn Paul anstrenge. Wenger widersprach: Du reagierst zu empfindlich auf die Würde, die dich anstrengt. Vielleicht, weil sie so unangestrengt ist, so spielerisch. Herr Paul nahm grundsätzlich nicht an den Mahlzeiten teil, doch beim Kinobesuch war er dabei, half Wenger, einen Platz zu finden, setzte sich ruhig und entschieden mit dem Rollstuhl durch, ließ Katharina gemeinsam mit sich den Rolli schieben.

Den Whisky-Nachmittag hatte er ohne schlimmere Folgen überstanden. Allerdings füllte das Wasser wieder

Knöchel und Füße, was Mailänder mit Bedenken feststellte. Der Kinderklub im Hotel sorgte für ein fröhliches Eiersuchen, ohne dass die Eltern strapaziert wurden: sie mussten allerdings Geschenke für die Kinder zur Verfügung stellen.

Katharina, die ein iPad mit eingespielten Filmen geschenkt bekam, fand Ostern »ziemlich blöd«. Wenger stimmte ihr zu und fand die Veranstaltung lieblos.

Ich finde es ärgerlich, Mailänder, wenn dir meine Füße wichtiger sind als mein Kopf.

Der schwillt, Aeskulap sei Dank, nicht an.

Er schwamm einige Male mit Katharina, zog allerdings das Meerwasserbecken vor, in dem er sich leichter fühlte. Für den letzten Abend lud Karola in die Bar ein, nicht unbedingt zu Whisky, beteuerte sie. Sie bat Herrn Paul dazu, doch der entschuldigte sich. Das verstärkte eher noch ihre Melancholie.

Karola erzählte von einer Dame, die sie in der Hotelbar kennengelernt hatte, die stracks von einer Reise durch Umbrien nach Travemünde gekommen war, ganz allein, ohne Begleitung. Ihr könnt euch nicht vorstellen, wie sie sich erzählend davonmachte, Gegenden beschrieb, in denen die Stille Fra Angelicos sich ausbreitete, Landschaften, die komponiert worden sind von einem gewaltigen Musiker – so hat die Dame gesprochen. Und das Franziskanische, das in der Luft liege, eine sonderbar heitere und beruhigende Stimmung, das sagte sie. Wahrscheinlich hörte ich ihr mit offenem Mund zu.

Wenger bestand darauf, hier oben im Norden einen Grünen Veltliner zu trinken, und tatsächlich wurde ihm einer aus Krems angeboten. Er lehnte sich zurück und rekapitulierte – ohne Scham, wie er sich versicherte – ein Gespräch, das er am Morgen mit Herrn Paul geführt hatte:

Also, ich, frisch gewaschen und gekämmt, saß vor ihm und er fragte wie immer, ob er das Frühstück aufs Zimmer stellen solle. Ich lehnte es, wie immer, ab: Nein, ich frühstücke mit der Familie. Er fragte mich, ob er mir beim Packen helfen dürfe. Es ist ja, sagte er, unser letzter Tag. Unvermutet spürte ich, dass er etwas spürte. Ein ähnliches Aufkommen von Melancholie. Um ihm zu widerstehen, fragte ich: Wollen Sie mir eine Rechnung über Ihr Honorar schicken oder die Summe bar? Er antwortete zögernd: Das habe ich mit Herrn Doktor Mailänder besprochen. Und ich?, haben Sie nicht an mich gedacht? Bin ich Rollstuhlkrüppel Ihrer Ansicht nach nicht imstande, für Ihre freundlichen Dienste aufzukommen? Ich brachte ihn aus der Fassung. Er hatte mich derart aufgebracht noch nicht erlebt. Ich, ich habe angenommen, Sie seien Gast von Herrn Doktor Mailänder. Und deswegen …

Und deswegen haben Sie, diskret, wie Sie sind, sich mit Mailänder abgesprochen. Schicken Sie mir die Rechnung und seien Sie versichert, dass ich auch meine Hotelrechnung selbst zahle.

So ging das. Mailänder guckte verlegen durchs Weinglas. Karola erklärte an seiner Stelle: Über solche Dinge haben wir uns nie ausgesprochen.

Fein gesagt, erwiderte Wenger. Jetzt habe ich es mithilfe des fabelhaften Herrn Paul getan.

Danach tranken sie entspannt, und Mailänder plante den kommenden Reisetag. Herr Paul bringe sie mit dem kleinen Hotelbus nach Fuhlsbüttel. In dem Wagen sei genügend Raum für den Rollstuhl. Lufthansas Rotkäppchen sei auf Rollstuhlpassagiere eingestellt.

Herr Paul weckte ihn, wie jeden Morgen, doch würdevoller als sonst darauf aus, Distanz zu wahren. Die Wortlosigkeit war aufgehoben, als das von ihm bestellte Frühstück vom Kellner gebracht wurde. Er deckte auf dem kleinen Couchtisch, ließ den Teewagen mit allerlei Köstlichkeiten stehen und wünschte den Herren, wobei er Herrn Paul einen vertraulich-ironischen Blick zuwarf, guten Appetit.

Herr Paul nickte ihm hinterher: ein feinsinniger Neider – und strich eine dunkle Semmel, fragte nach dem Belag. Wenger nahm ohne Widerstand diese Hilfe hin, wunderte sich dabei, dass ihm die Aufmerksamkeit Herrn Pauls nicht auf die Nerven ging.

Sie saßen sich eine Weile stumm gegenüber. Dann wagte es Wenger, ein Gespräch zu beginnen: Sagen Sie, Herr Paul, sind Sie vom Hotel angestellt, alten Schwächlern wie mir in den Ferien beizustehen?

Aber nein! Ich bin, falls ich nicht übertreibe, Freiberufler und arbeite keineswegs mit diesem Hotel zusammen. Das tat ich einmal, vor Jahren, als Direktor. Sie haben recht, ich bin eine bizarre Pointe.

So meinte ich das nicht.

Das sollten Sie aber mit der Einsicht, dass sie nützt.

Mir tat sie wohl, die Pointe.

Das Gespräch drohte aus Höflichkeit in Floskeln zu enden. Da entschloss sich Herr Paul zu einem die Beklommenheit abwendenden Bekenntnis: Sie werden mir fehlen, Herr Wenger.

Das habe ich Ihnen eben sagen wollen, Herr Paul. Die ganze Zeit fragte ich mich, wie Sie leben, wo Sie wohnen, ob Sie Frau und Kinder haben oder ein Einzelgänger sind wie ich.

Herr Paul antwortete ihm nicht, fragte jedoch, wie er zur Familie Mailänder gekommen sei.

Das erzählte Wenger ausführlich.

Am Schluss des Frühstücks, der Koffer war schon abgeholt worden, Herr Paul hatte ihm den Wettermantel säuberlich auf den Schoß gelegt, schob er ihn ein letztes Mal zum Lift. Er trat diskret zurück, als Wenger an der Kasse seine Rechnung beglich.

Draußen auf der Straße wechselte Herr Paul die Rolle. Er trat nun als Chauffeur des Hotelbusses auf, half ihm in das Auto, faltete den Rollstuhl zusammen und stellte ihn neben den Fahrersitz. Auf dem nahm er Platz, sank in sich zusammen und führte Wenger vor, dass er zu warten habe. Die Mailänders nahmen sich Zeit. Als sie schließlich lärmend und außer Atem erschienen, verließ Herr Paul den Sitz am Steuer, half den beiden Damen in den Bus. Karola mit ernster Miene und Katharina lächelnd. Ein Schauspieler, dachte Wenger, wer weiß, welche Rolle er für mich gespielt hat?

Das Rotkäppchen, das in Frankfurt auf dem Flughafen für ihn sorgte, verabschiedete sich, als sie ihn den Mailänders übergab, mit der Bemerkung: Ihre Freundlichkeit, Herr Wenger, ist rar und ich werde Sie nicht vergessen.

Kaum hatte sie sich entfernt, spottete Mailänder: Darauf kannst du dir was einbilden.

Nein, mein Lieber, deine unbedachte Ironie zwingt mich nachzudenken, eben über diese gerühmte Freundlichkeit. Vielleicht ist es falsch wahrgenommene Widerstandslosigkeit. Die Dame hat genau sagen wollen: Der Umgang mit dir schlappem altem Kerl fiel mir besonders leicht.

Die Pflege hatte Mailänder alarmiert. Am Abend meldete sich eine Neue, eine ihm unbekannte junge Frau. Sie wisse Bescheid – waschen und nur das Abendbrot vorbereiten. Das habe sie ihm, weil er ja drei Wochen außer Haus war, mitgebracht.

Wie vorsorglich.

Sie kannte seinen Ton nicht und reagierte geniert: Wir müssen ja an alles denken.

Da unsereiner ja an nichts denkt. Mit diesem Kommentar brachte er sie vollends aus der Fassung: Entschuldigen Sie, Herr Wenger, das war nicht so gemeint.

Wenger bat sie, ihm das Jackett auszuziehen und es ihm abzunehmen. Dabei hielt er sie am Arm fest. Mit der Meinung ist es so eine Sache, geteilt wird sie scharf und ungeteilt lahm und albern.

Nehmen Sie an – Wie heißen Sie überhaupt?
Tamara.
Nehmen Sie an, Schwester Tamara, ich könnte meinen, was Sie meinen. Damit lassen wir es bewenden.

Ihm fehlte Herr Paul. Obwohl Tamara akkurat und behutsam die Abendtoilette besorgte und das von ihr oder in einem Delikatessenladen zubereitete Abendbrot ihm schmeckte.

In den nächsten Tagen meldete sich Mailänder nicht, als hätte er nach Travemünde genug von ihm.

Nach dieser Pause überraschte er ihn mit einer niederschmetternden Botschaft. Der Creatininwert sehe nun so aus, als ob er sich bald mit einer Dialyse abfinden müsse. Mit einer ein Leben lang wiederholten Blutwäsche, betonte er noch unfreundlicher.

Wie kann ich den Verfall dieser Werte aufhalten?

Mailänder führte, indem er sich verrenkte, seine Unschlüssigkeit vor: Ernährung; viel trinken.

Wasser oder Schnaps?

Das ist kein Spiel, erwiderte Mailänder mit einem Mal zornig.

Nein, ich spiele nicht, Herr Doktor.

Du spielst doch.

Lassen wir das, wenn es um Leben und Tod geht.

Eben.

Verstimmt verabschiedete sich Mailänder und ließ ihn, wie stets nach solchen Auseinandersetzungen, ein paar Tage schmoren.

In dieser kaum bewegten Leere versetzte ihn eine mit der Post gekommene Einladung in Unruhe: Das Kloster Andechs wünschte von ihm für die regelmäßig veranstalteten »Bildungsseminare« einen Vortrag über den

Architekten Kurt Ackermann und seine Bauten im Olympiapark München. Ackermann sei ein Förderer der Klosterseminare und nicht selten Teilnehmer gewesen. Außerdem wisse er, der einladende Mönch, dass Ackermann und er, Wenger, miteinander bekannt gewesen seien.

Er sagte zu, wies allerdings auf mögliche Schwierigkeiten und Hindernisse hin: Er werde in Begleitung kommen müssen, da er schlecht zu Fuß und auf einen Rollstuhl angewiesen sei.

Darauf seien sie eingestellt.

Wenger bat um zwei Tage Bedenkzeit. Er müsse sich noch Material über Ackermanns Olympiabauten besorgen. Die erbetenen Bedenken rumorten in ihm schlimmer, als er erwartet hatte. Wer würde ihn begleiten? Mailänder könnte nicht ständig um seinetwillen die Praxis im Stich lassen. Und wie käme er nach Andechs? Mit dem Auto? Wer transportierte den Rollstuhl? Die Bahn könnte vielleicht das Auto ersetzen. Aber auch dann brauchte er einen Begleiter. Sollte er Herrn Paul bitten? Das war ihm alles zu viel, beschwerte seinen Schlaf und schwärzte seine Laune ein.

Über das Internet erfuhr er, dass Kurt Ackermanns Nachlass bei der Akademie der Künste in Berlin liege. Das hätte er auch von Ackermanns Sohn erfahren können, den er aber nicht kannte und nicht behelligen wollte. Er rief Mailänder in der Praxis an. Das war gegen die Abmachung. Mailänder reagierte erschrocken: Was ist, Hannes?

Wenger erklärte umständlich den Auftrag, der ihn in

eine Zwickmühle versetze. Wer bringt mich hin, wie komme ich hin?, endete sein Lamento.

Kurz angebunden kam Mailänders Auskunft: Ich bring dich hin. Wann soll es sein?

Das erfahre ich noch.

Das kurze Gespräch hatte ihn mitgenommen. Er trieb den Rollstuhl zum Fenster, stand auf, hielt sich am Fensterbrett fest und starrte auf die Straße. Die unterschiedlichen Bewegungen der Autos, der Passanten, die sich an der Ampel zusammenrotteten und warteten, der Radfahrer erstarrten unter seinem Blick zu einem Bild. Es hatte mit seiner Unruhe zu tun. Nun nicht mehr. Er setzte sich und hatte die Wand vor sich. Er sagte in Andechs nicht telefonisch, sondern schriftlich zu. Er hatte schon zu viel telefoniert. Jetzt mit der Berliner Akademie, dessen Architektur-Archivar ihn ausfragte wie einen Studenten. Aber hören Sie, ich kannte Ackermann, ich bin selbst Architekt.

Er hatte das Gefühl, sich mit solchen Sätzen kleinzumachen. Ich bin ein Architekt. Ich bin ein Arschloch.

Als er, eher zufällig und nach langer Zeit, sich auf den Küchenbalkon schob, sah er erschrocken und staunend, dass der Baum im Hof ein zartes Grün austrieb, ein Kindergrün, und er konnte gleich leichter atmen. Viel zu spät, sagte er dem Baum.

Die Baupläne Ackermanns kamen mit der Post, zusätzlich dessen Briefwechsel mit der Stadt München. Während Wenger an dem Vortrag schrieb – er hatte Zeit bis Ende Mai, dem verabredeten Termin –, besuchten ihn regelmäßig Karola und Katharina, meistens am späten Nachmittag, denn sie wollten ihn bei seiner Arbeit nicht stören. Dann war er zu allerhand Unternehmungen bereit, da er inzwischen festgestellt hatte, dass Karola mit dem Rollstuhl geschickt umging, ihn geradewegs schieben konnte, Bordsteinkanten bewältigte, auch auf Wiesenstücken die Richtung hielt.

Katharina lief meistens voraus, wies den Weg. Das Kind sorgte gleichermaßen für Unterhaltung und Aufregung. Es erfand für die Enten im Teich am Holzhausenschlösschen Entengeschichten, die in ihrer abenteuerlichen Menschennähe Wenger erstaunten. Zum Beispiel schenkte sie einer im Wasser übrig gebliebenen Ente eine Portion Sehnsucht nach einem schönen Schwanenmädchen und war wütend, als Wenger meinte, dann müsse die Ente wohl ein Erpel sein. Erpel gibt's nicht, schrie sie. Bloß Enteriche, und das ist einer.

Karola, die ebenfalls einen Erpel in die Welt setzen wollte, und Wenger gaben klein bei und kamen danach in den Genuss einer zarten Freundschaftsgeschichte zwischen einem Enterich und einer Schwänin.

Mit seiner Lust an graziösen Bewegungen konnte das Kind entzücken, versetzte aber einmal seine beiden erwachsenen Begleiter in Schrecken, als es auf der großen Wiese des Holzhausenparks in sich versunken tanzte, hüpfte und unversehens einknickte, aufschrie, was Wenger aus dem Rollstuhl riss; er lief über den Rasen, nicht wenige Schritte, lief Karola hinterher, die, als sie das Kind erreicht hatte, ihn verblüfft neben sich bemerkte. Du?, fragte sie.

Er beugte sich über das Kind, verlor aber das Gleichgewicht und setzte sich ins Gras. Sitzend lauschte er der Klage, sah zu, wie Karola ihre Tochter tröstete. Als sie aufstand, das Kind auf den Armen, blieb er sitzen. Er schaffte es nicht, sich aufzurichten, da seine Beine zu schwach waren. Hilf mir, bat er Karola.

Sie setzte Katharina ab, zerrte an seinem ausgestreckten Arm. Nein, du bist zu schwer. Wie konntest du so plötzlich gehen? Sie musste noch ihr Erstaunen aussprechen.

Das hüpfende Kind, das nicht mehr hüpfte, hat mich ans Laufen erinnert.

Für alles weißt du eine Erklärung.

Er schaute zu ihr auf: So hilflos, wie ich bin.

Er sagte es und wurde im Augenblick beschämt: Ein kräftiger junger Türke fragte, ob er ihm aufhelfen dürfe. Wenger nickte erleichtert und stand im Nu, um sich zu bedanken. Der junge Mann war schon weg. Karola holte den Rollstuhl. Nicht, dass er noch einmal zu gehen versuche.

Die Arbeit nahm ihn gefangen. Manchmal träumte er, er habe sich mit Ackermann unterhalten, und danach fragte er sich, ob der Gesprächspartner im Traum tatsächlich Ackermann geglichen habe. Er redete viel mit sich selbst, hielt lange Monologe über Zeltdächer, über deren kühnen Konstrukteur Frei Otto. Ihn hatte er in Stuttgart bei einem Kongress kennengelernt. Er dachte jetzt: ein Ingenieur, der auch Gedichte hätte schreiben können.

Mailänder hatte ihn gebeten, nur für eine Nacht einen kleinen Koffer zu packen, denn der Rollstuhl nähme auch zusammengefaltet im Kofferraum eine Menge Platz ein. Wenger hielt sich an den Ratschlag. Was brauche ich schon für die Nacht bei den Mönchen?

Während der Fahrt schlief er nicht, lernte vielmehr, wie er Mailänder erklärte, die vorübereilenden Gegenden auswendig wie Strophen: Jetzt hier in der Holledau, die Hopfenplantagen, extra eingerichtet für Grafiker, die in Schwarz-Weiß arbeiten. Mailänder fand die Erklärung spinös, aber deren Vorsatz, rasch schwindende Bilder zu speichern, gut für Wengers Kopf.

Bevor sie Andechs erreichten, erzählte Wenger Mailänder von Ackermann, dem kleinen Mann mit den großen Ideen. Ein Bayer und Katholik wie aus dem Bilderbuch. Eifrig, anregend und menschenfreundlich.

Mailänder fuhr in den Klosterhof. Das sei ihm gestattet worden, er habe mit dem Veranstalter telefoniert. Zuvor hatte er sich über die phänomenale Lage des Klosters ausgelassen, dass die frommen Brüder immer wieder wüssten, wo sie sich niederlassen könnten, entweder entdecke ein Esel eine Quelle oder ein Weinberg biete Schutz und Labsal. Er fuhr in den Hof, und ein Mönch, ein Mann von gewaltigen Ausmaßen, die durch die Kutte noch betont wurden, kam ihnen entgegen und wies ihnen den Parkplatz zu. Er schmetterte fanfarengleich Grüß Gott, und Wenger dachte sich den zierlichen Ackermann neben den Riesen. Ein kaum zu schlagendes Paar.

Mailänder setzte Wenger in den Rollstuhl, was ihrem

Gastgeber half, eine kleine Komplikation loszuwerden. Zur Tür des Südflügels, in dem sich der Vortragssaal und die Gästezimmer befänden, führe eine kurze, allerdings steile Stiege.

Wenger war drauf und dran, laut über »kleine Komplikationen« zu philosophieren. Vielleicht sollte er, dem Bruder zum Vergnügen, Komplikationen im Allgemeinen kleinphilosophieren.

Mailänder stellte fest, dass er mit dem Rollstuhl nicht die Treppe hochkomme. Mit diesem Eingeständnis setzte er den schwarzen Riesen in Bewegung. Wir tragen den Rollstuhl und Herrn Wenger das Stückerl hinauf.

Er ließ Mailänder keine Zeit zu widersprechen, griff zu, und Mailänder gab später, auf der Heimfahrt, zu, dass der Hüne beinahe das ganze Gewicht übernommen habe. Das ging wie von selbst, sage ich dir.

Er führte sie durch Gänge, in denen sich Licht sammelte, durch kleine, finstere Klosterkorridore in ein geräumiges Gästezimmer, in dem zwei Betten standen. Ich nehme an, Sie haben nichts dagegen, wenn wir Sie in einem Zimmer unterbringen. Wegen des Seminars haben wir zahlreiche Gäste.

Aber nein, Wenger schüttelte den Kopf und machte sich zugleich mit dem Gedanken vertraut, dass er in seinem Alter zum ersten Mal mit einem anderen die Nacht in einem Zimmer verbringen werde.

Auf dem Weg zum Vortragssaal kam Mailänder auf Wengers Schrecken zurück: Zier dich nicht, sagte er nebenbei, ich bin dein Arzt, Hannes.

Die Zuhörer, die ihn erwarteten, erwiesen sich als vertraut mit Kloster und Ackermann. Es waren Mitglieder des Freundeskreises, bildungseifrige Damen und gestandene Männer, die Ackermann als Kurt erinnerten. Sie wichen dem Rollstuhl aus, als wäre er ein Güllewagen, der sich in eine Parfümerie verirrt hat. Ungestraft. Nein, sie straften ihn nicht, sie versuchten sogar einen schütteren Empfangsapplaus.

Der pompöse Mönch sprach zur Begrüßung über Freund Ackermann, den Unvergessenen, und bat Wenger, den er vorstellte als einst tätigen Architekten und gegenwärtigen Architekturkritiker, zu reden.

Das tat er, erst stockend, sich ans Manuskript haltend, dann geriet er in Fahrt. Er sprach, sich über sich selbst wundernd, den großen schwarzen Bruder an, redete in seine dunklen glühenden Augen seine Erinnerung an Ackermann, an seine irdische Beweglichkeit, seine, auch in der herben Sprache, bayerische Präsenz, sprach über das Wunder der Zeltdächer, über die Fantasie der Ingenieure, die sich mit den Einfällen der Architekten verbündete, und wie Ackermann mit zweien seiner ingeniösen Bauten das Olympiagelände bereichere: das Eislaufzelt und die Trainingshalle. Das Zelt sei verschwunden, es war baufällig, und da die Kosten, es zu renovieren, zu hoch gewesen wären, wurde es abgerissen. So kann ich, fuhr er fort, nur eine Elegie sprechen auf einen Bau, der luftig und heiter an ein altes, hölzernes Stadion erinnerte, in dem Hockeymannschaften aufeinandertrafen. Er blieb redend im Stadion, vertiefte sich in bauliche Einzelheiten, Raffinessen, wies auf das

Übungsstadion hin, kam wie selbstverständlich auf Frei Otto, den Ingenieur, als Beherrscher des Lichts und der sich bewegenden Luft, und fand sich schließlich am Ende, bedauerte, dass er nie mit Ackermann das Kloster besucht habe, dem er sich so verbunden fühlte. Er handelte sich, wohl auch mit dem abschließenden Satz, kräftigen Beifall ein.

Der schwarze Hüne hatte sie zu einem Abendessen eingeladen, bei dem sich ausgewählte Gäste träfen. Wenger hatte Mailänders Zögern mit einer raschen Zustimmung übersprungen. Sie wurden von einer jungen Dame, die offenbar zum Stab gehörte, eine Art Hausdame im Männerkloster, aber wohl auch eine Abgesandte des Freundeskreises, in ein festliches Speisesälchen geführt, und gleich war ein Stuhl weggerückt für ihn und seinen Rollstuhl. Die Gäste, alles seine Zuhörer, kamen einer nach dem andern und applaudierten ihm. Unter solchen Peinlichkeiten, wie er fand, ordnete sich die Gesellschaft. Das Essen wurde wieder von Frauen aufgetragen, und wenn die Unterhaltung, dachte er, seiner Qualität entspräche, könnte er sich entspannen.

Mailänder hatte einen Platz neben ihm bekommen, offenbar wurde damit gerechnet, dass er gelegentlich Hilfe brauche. Er sah sich um, und wieder fiel ihm, wie oft bei solchen Anlässen, auf, dass die Damen kurz zuvor beim Friseur gewesen waren, lauter kunstvolle Frisuren in Schwarz, Blond, Rot und Grau. Sollte er mit diesem Eindruck das Gespräch beginnen? Er lachte in sich hinein und fiel damit auf.

Was erheitert Sie?, fragte sein Gegenüber, eine ausgesprochen eindrucksvolle ältere Frau mit einem schönen, lebhaften Gesicht, durch dessen Züge sich ein jüngeres, impulsives durchdrückte. Sie hatte ihn ertappt.

Ich habe den Eindruck, dass alle Damen im Raum sich Kurt Ackermann zuliebe schön zurechtgemacht haben.

Mailänder trat mit dem Fuß gegen seinen.

Ich hoffe, ich habe mich verständlich und zugeneigt ausgedrückt.

Aber ja doch, erwiderte die Dame mit einem knappen und heftigen Gelächter. Aber ja doch. Und sie stellte sich vor. Amrein, sagte sie und: So heiße ich. Sie hatte Ackermann gekannt und konnte anschaulich von ihm erzählen.

Sie tauschten Erinnerungen aus, an denen sich andere Gäste beteiligten, und als es zu einem mehrstimmigen Zwist über die Ästhetik des gegenwärtigen Bauens kam, spürte Wenger die Erschöpfung, beugte sich ein wenig nach vorn und bat, sich verabschieden zu dürfen. Mailänder sprang auf, und der Gastgeber fragte, ob sie den Weg zum Zimmer fänden.

Mailänder fand ihn.

Du hast dich gut geschlagen, und Frau Amrein war fürs Gespräch ein Segen.

Mailänder half ihm beim Ausziehen, ließ ihn im Rollstuhl allein im Bad. Zurück neben dem Bett, stand er auf, schwankte ein wenig und fiel neben Mailänder aufs Bett. Nichts war, wie er befürchtet hatte, peinlich.

Der schwarze Riese, der Mönch aus ihrem Reisemärchen, brachte höchstselbst das Frühstück, leistete ihnen eine Weile Gesellschaft, verabschiedete sich dann aber unvermittelt, Pflichten vorschützend. Der Vortrag sei ein großer Erfolg gewesen, Ackermann wird Ihnen im Himmel mit einem Jauchzer gedankt haben.

Wie können Sie das wissen?, fragte Wenger.

Ich habe ihn gehört, erwiderte der Märchenmönch.

7.

Ein Ort in Höllen ist, heißt Übelbuchten,
Ist ganz aus Stein, an Farbe weit und breit
Dem Eisen gleich, wie eines Ringwalls Wuchten.

Dante

Seit Katharina wusste, dass er »nicht mehr über den Ackermann nachdenken muss«, besuchte sie ihn fast täglich. Sie bauten eine kleine Stadt aus Streichholzschachteln, anderen winzigen Behältern, Streichhölzer wurden zu Säulen oder zu Pfeilern. Nur Menschen, Hunde, Vögel oder Autos fehlten.

Für die finde ich noch eine Lösung, versprach Wenger. Die bauen wir wie die Häuser.

Das geht aber nicht, rief das Kind ihn zur Vernunft.

Die Stadt wuchs langsam. Die Fassaden der Häuser wurden bemalt, Fenster und Türen wurden eingebaut.

In ihrem Eifer übersahen sie den Sommer, bis ihn Wenger vor den Fenstern und an dem Kind bemerkte. Es hatte Kniestrümpfe und ein leichtes Kleid an. Er riss sämtliche Fenster auf. Der Luftzug half ihm zu atmen und gefährdete den Bestand der kleinen Stadt.

Inzwischen hatte Wenger Menschen gezeichnet, Hunde und Autos aus Pappe ausgeschnitten, bemalt. In die Stadt kam Leben. Mailänder und Karola wurden gerufen, die Stadt zu bewundern.

Eine kleine Welt für sich, staunte Mailänder.

Katharina sah ihren Vater entzückt an und wiederholte: Meine kleine Welt.

Unvermutet fegte ein heftiger Windstoß durchs Zimmer.

Hoppla, rief Mailänder, haltet euch fest!

Katharina war nur darauf bedacht, nicht sich, sondern die kleine Stadt festzuhalten, und riss die Pappe, auf der sie stand, hoch, die Häuser rutschten auf den Boden. Entsetzt ließ sie auch die Platte fallen: Jetzt ist die kleine Welt kaputt.

Wenger sagte in ihr Schluchzen: Und die große beinahe auch.

Das brachte Mailänder auf. Er nahm Wenger zur Seite, während Karola Häuser einsammelte.

Warum sagst du das? Warum bringst du das Kind durcheinander?

Das Kind! Das Kind soll wissen, in welcher Welt wir leben.

Du hier in deiner Einsiedelei, fern der bösen Welt, machst dir Gedanken über die Zukunft Katharinas? Das halte ich schlichtweg für eine Anmaßung.

So hatten sie noch nie gestritten. Wenger trieb seinen Rollstuhl weg von seinem Freund, zum Fenster, sah hinaus, atmete heftig gegen Schmerz und Ratlosigkeit.

Mailänder war hinter ihn getreten. Verzeih, Hannes, ich war zu heftig.

Wenger beugte sich nach vorn: Und ich bin vielleicht zu uneinsichtig.

Sie verabschiedeten sich wie immer herzlich und versprachen, ihn bald wieder zu besuchen. Katharina umarmte ihn und sagte: Ich komme und wir machen die kleine Welt ganz.

Nimm es ernst, flüsterte Karola.

Sei sicher.

Sie gingen.

Die Leere umgab ihn mit der vertrauten Schutzhaut. Er musste etwas tun. Sich erklären. Sich dem Kind erklären. Er könnte einen Brief denken. Nicht denken, sondern schreiben. Sie könnte ihn lesen, wenn er weg ist. Als eine Fortsetzung des Gesprächs und zur Erinnerung an die kleine Welt.

In die Stille, in die er aus Trotz geraten war, drang der Lärm von der Straße.

Ja, ich höre sie, die kleine Welt, sagte er und fuhr mit dem Rolli zum Schreibtisch.

Das Blatt, das er sich zurechtlegte, erhielt eine Überschrift: »Ein Brief für später.«

Liebe Katharina, liebes Kind,

dieser Brief ist für mich schwierig und ungewöhnlich, denn offen gesagt habe ich mit Kindern nie etwas anfangen können. Du hast mich überredet und überrumpelt. Vielleicht, weil Du mich an das Kind in mir erinnert hast. Das ganz anders war als Du. Nicht so redselig und zugewandt. Für sich, gegen sich. Dieser innere Widerspruch machte mich als Kind einsam und wortkarg. Du hast mich spielen gelehrt, indem wir gemeinsam die kleine Welt bauten. Sie ist kaputt. Du hast bitterlich geweint, als sie Dir aus den

Händen glitt. Weil mich aber die kaputte kleine Welt an die kaputte große Welt erinnerte, hat mich Dein Vater zurechtgewiesen. Er wollte nicht, dass ich Dir Angst mache. Doch was soll das, Kind? Du selbst ängstigst Dich manchmal, wirst von Ängsten heimgesucht. Und ich habe im Lauf meines Lebens Angst gelernt, ja Angst aushalten gelernt. Die Ängste wechseln mit der Zeit und den Lebensaltern.

Über meine Ängste als Kind im Krieg habe ich oft und erstaunt nachgedacht. Im Bombenkeller, als die Erde bebte und die Erwachsenen beteten, seufzten, einander in den Armen hielten, blieb ich für mich und forderte in Gedanken geradezu den mörderischen Lärm, das Bersten der Welt heraus. Doch die Angst überkam mich, als mir einfiel, ich könnte meine Mutter verlieren. Es war eine Angst, die mir den Atem schnürte, die mich gegen meinen Willen kleinmachte. Ich war ein wenig älter, als Du heute bist. Angst bekam ich, als ein älterer Junge bei den Pimpfen in einem Ferienlager Mutproben verlangte, weil er vorhatte, uns zu Männern und Soldaten zu formen (an das »Formen« erinnere ich mich noch genau), und eine hohe Mauer als Hindernis ausspähte, die wir überwinden, von der wir hinunterspringen mussten. Einer der Jungen vor mir schrie erbärmlich, als er unten auf dem Rasen aufschlug, und ich, am Rand stehend, gab der Angst nach, der Furcht, Schmerzen leiden zu müssen, und weigerte mich zu springen. Mit dem Resultat, Feigling gerufen zu werden. Von der ganzen Bande.

Hier begann meine Angst vor befohlener Gemeinschaft, aktiver Massenhysterie, in der Zeit des Führers Adolf Hitler, die Abneigung, einem angemaßten Führer zu folgen. Es war auch die Angst vor dem befohlenen und ausgeführten Stumpfsinn. Gerüchte förderten meine Kinderängste. Der Krieg kam näher und mit ihm ein finsteres Gewölk von Vermutungen: Die Kinder würden von den Russen ihren Eltern weggenommen, die Frauen vergewaltigt, die Väter in Lager gebracht und müssten dort verhungern. Latrinennachrichten wurden solche Vermutungen genannt, Parolen, die in öffentlichen Toiletten ausgetauscht werden. Mutmacher, die zu Angstmachern werden. Diese Angst vergiftete mein Gemüt. Ich verkroch mich, misstraute meinen Lehrern, den Erwachsenen überhaupt. Nur meine Mutter nahm ich aus.

Als wir dann vor der sich nähernden Front flohen, hielt ich den Atem an, verschloss mich, redete, wenn ich allein war, mit mir. Aus dem Schlaf wachte ich regelmäßig schweißgebadet auf, fand mich wieder auf dem Boden des Güterwaggons, in dem wir mit dreißig Menschen unterwegs waren, die Ängste verteilten, womöglich vor den Russen oder den Amerikanern, vor gesuchten Naziverbrechern oder Leuten, die uns mit Krätze anstecken konnten. Zu Fuß auf der Flucht stießen wir auf verscharrte Soldaten, Tote, die, nur von wenig Erde bedeckt und aufgedunsen, von Fliegenschwärmen angefallen wurden. Der süße, klebrige Totengeruch verfolgt mich bis heute. Es ist die Angst, der Gewalt ausgesetzt zu sein, so umkom-

men zu müssen, irgendwo am Rand eines Ackers, eines Wegs. Später, während der Schule und des Studiums, wurden die Ängste kleiner, normaler. In den ersten Jahren auf dem Gymnasium fürchtete ich den Hohn und den Spott der Klassenkameraden, fürchtete mich vor Prügeleien auf dem Schulhof und prügelte mich dennoch. Also begann ich, mich den Ängsten zu widersetzen. Nach dem frühen Tod meiner Mama entdeckte ich die Gleichgültigkeit, die umgänglichere Schwester der Arroganz, als Waffe gegen die Angst. Der Trauer entkam ich aber nicht. Die folgenden Ängste im Studium, in der Ausbildung und im Beruf (als Häuserbauer, wie Du weißt, und als Häuser-Erklärer) waren die gewöhnlichen Ängste: vor Prüfungen, vor Kritik an misslungenen Arbeiten. Sie griffen nicht die Seele an, sondern gingen nur unter die Haut. Das genügte schon.

Du kennst mich als Opa Hannes, als alten Mann. Der schaut zurück auf seine großen Ängste und schaut voraus. Im Rückblick wird mir klar, dass ich mich vor Bindungen fürchte. Ich habe gelernt, allein zu sein. Gefühle machen mir Angst. Zum Beispiel die Liebe. Eine Kollegin, eine begabte Architektin, kam mir nahe. Und wenn ich mich so ausdrücke, verrate ich mich. Nähe ertrage ich nicht. Die Ängste, von denen ich nun erzähle, haben mit mir zu tun, mit meinem Körper, meiner Schwäche. Es waren Ängste vor Schmerzen, Ängste nach einem Schlaganfall vor Sprachlosigkeit, die entsetzliche Angst, dass das steigende Wasser in meiner Lunge mich allmählich ersticke. Nein, es war keine Angst vor dem Tod, ich fürchtete mich nicht vor dem Sterben. Das ist noch immer so. Die Angst, die sich im Unterbewusstsein hielt, die mit einem Mal aufgerufen wird, könnte vielleicht auch Deine werden. Am Anfang dieses Briefes habe ich meine Furcht vor der einstimmigen und einsinnigen Menge offenbart, der Menge, die im Hass verschmilzt, mörderisch wird und in abgründiger Hässlichkeit sich zusammenfügt. Das vergangene Jahrhundert und dieses sind durchzogen von »Bewegungen«, die angestiftet werden von machthungrigen und rachsüchtigen Demagogen. Es ist ein konstanter Prozess, in dem der Mensch sich verliert. Ich habe, in Anbetracht dieses ungeheuren Verlustes, Angst vor einer Unmenschlichkeit, die den Menschen an sein Ende bringt. Hass, Neid, eingeredete Mordlust werden die menschliche Gesellschaft verwüsten und am Ende auslöschen. Diese Angst könnte auch Deine werden, Kind. Das ist meine Angst, schreibt Dir Dein alter Spiel- und Baugefährte Opa Hannes.

Kaum hatte er den Brief beendet, fragte er sich, ob er in ein paar Jahren noch recht haben werde und Katharina, die vielleicht schon vor dem Schulabschluss stünde, zu sehr belaste. Die Entmenschlichung wird zunehmen, widersprach er sich. Da ließe sich sogar ein Aufsatz schreiben, Beispiele ließen sich genügend finden, die Verkommenheit der Sprache, die Zügellosigkeit, die keinen aufmerksamen und zuhörenden Umgang mehr erlaubt.

Auf einen Briefumschlag schrieb er: »An Katharina. Für später. Im März 2017.«

Den gab er Mailänder, als der ihm den Befund der Blutuntersuchung brachte, mit dem Hinweis, er solle ihn aufbewahren und Katharina – vielleicht erst nach seinem Ende – überreichen.

Das werde ich tun, mich jedoch nicht an das von dir vorgeschlagene Datum halten.

Sehr diskret ausgedrückt, Mailänder. Und was sagt das Blutbild?

Manchen Mängeln kann abgeholfen werden, manchen nicht. Mailänder zog einen Zettel aus der Jackentasche: Rote Blutkörperchen, Eiweiß, Eisen. Aber die Creatininwerte, die den Verfall der Niere anzeigen, sind kaum mehr zu ändern. Sie ziehen eine Grenze.

Mailänder gab ihm den Zettel. Er las Zahlen, die ihm nichts sagten. Bei Creatinin stand 4,0. Er nickte der Zahl, die ihn bedrohte, zu. Grenzgänger wollte ich schon immer sein.

Mailänder legte seine Hand auf Wengers Schulter: Du kannst es nicht lassen, zuzuspitzen, was nicht spitz gemeint ist.

Du durchschaust mich. Es ist die Angst, Mailänder, über die habe ich nachgedacht, und sie erwischt mich frisch und bekümmert an der Creagrenze.

Er hatte sich vorgenommen, »aufgeklärt« mit seinem Zustand umzugehen. Mailänder reagierte, indem er ihn eine Zeit lang den Pflegerinnen überließ, dem geordneten Tageslauf, Katharina mitunter erschien, um die kleine Welt zu reparieren.

Sie inspirierte ihn zu Stadtentwürfen, die er ihr vorlegte: Du musst entscheiden, was dir passt, was für die Bewohner richtig ist.

Sie wählte den waghalsigsten Entwurf, das Bild einer surrealistischen Siedlung, mit Bauernhäusern, schwimmenden Hütten, Straßen, auf denen fahrerlose Busse und Trams fuhren.

Gefällt dir das tatsächlich? Warum?

Weil alles verschieden ist, weil du wohnen kannst, wie du willst, und weil dir niemand verbietet, mit der Tram zu fahren, weil es vielleicht Geld kostet.

Was du sagst, freut den alten Städtebauer.

Karola kam, holte ihn ab zu einer von ihr sogenannten Schweigerunde im Park, im Café oder im Biergarten. Sie schwiegen dann tatsächlich, sogar Katharina, die sich von ihnen entfernte und, wenn sie zurückkam, prüfte, ob sie mit einem Wort störe.

Das durfte dann Mailänder, der sie abholte, sich erkundigte, was sie verschwiegen hätten, worauf Wenger allzu schnell antwortete, um Karola zuvorzukommen: Mich hat das magersüchtige Mädchen beschäftigt, das sich allein an einen Tisch am Rand, im Schatten der Kastanie, setzte und so wirkte, als müsste es eine Schmährede an Gegner und Vertraute halten.

Merkwürdig, setzte Karola seine Auskunft fort, merkwürdig, die habe ich auch die ganze Zeit beobachtet.

Mit Bedauern?, unterbrach Wenger sie.

Ja.

Warum sollten wir sie bedauern? Sie findet sich in einem Zustand gewünschter Vollendung. Findet sich leicht und schön und leidend.

Du musst, lieber Hannes, nicht unbedingt den Zyniker spielen. Ich meine den Zyniker, der den Melancholiker zum Schweigen bringt.

Mailänder hatte seine Arzttasche nach solchen Ausflügen bei sich, horchte Lunge und Herz ab, kontrollierte, ob die Beine vom Wasser geschwollen waren, verschrieb ihm, wenn er unter Atemnot litt, Wasser ziehende Tabletten, Diuretika.

Bist du dir in allem, was du mit mir anstellst, sicher?, fragte Wenger zum Abschluss der Untersuchung, am Ende des Tages.

Die Abendpflegerin kam und vertrieb seine Gäste. Katharina wollte unbedingt wissen, was die Frau mit Opa alles mache.

Er sah sich zu. Es gab einen Einschnitt, einen Riss im Ablauf seiner Tage, plötzlich hatte er das Gefühl, taub gegen jede Berührung von außen zu sein, von Gleichgültigkeit ausgehöhlt zu werden. Er bat Mailänder, ihn eine Weile in Ruhe zu lassen: Ich will sehen, wie weit ich ohne deine Beobachtung, deinen Rat und deine Medikation komme. Ich will wieder ohne Hilfe allein sein.

Aber da sind ja meine Helferinnen. Ich schweige mit ihnen. Sie kommen und gehen. Sie sind die Stundenzählerinnen in meiner Welt.

Er nutzte die Zeit ohne Besucher, er streunte ohne Hilfe. Einmal trieb er seinen Rolli in den Holzhausenpark bis zum Schlösschen und verlor sich mit einem Blick über den First des Schlösschens in den Himmel, bis ihn ein Parkgänger fragte, ob ihm nicht gut sei.

Besser kann es mir nicht gehen.

Der Mann nickte überrumpelt und verschwand.

Ein anderes Mal rief er ein Taxi und ließ sich und den Rollstuhl zur Alten Oper fahren. Er hatte eine Karte zu einem Konzert mit Igor Levit bestellt, der opus 28 von Schostakowitsch spielen sollte, die Präludien und Fugen. Er hatte, als er noch nicht den Rollstuhl brauchte, Keith Jarrett mit demselben Werk gehört und war gespannt, wie sich Levit nach dem rhythmischen Furioso Jarretts anhören werde. Er hatte sich beim Kartenkauf als Rollstuhlfahrer angemeldet. Solche Eingeständnisse fielen ihm schwer. Er kam sich als Krüppel vor, redete sich krumm und klein und schaute bittend von unten nach oben.

Wie Levit Schostakowitsch spielend verstand, die vorgegebene Form bedrängte und brach, riss Wenger mit. Nach dem Konzert fand er den Taxistand nicht und ärgerte sich über die kindliche Verzweiflung, die in ihm aufstieg.

Bis er die Taxis jenseits der Straße sah. Jemand half ihm vom Gehweg auf die Straße. Er dankte für die Freundlichkeit, ohne sich umzusehen.

Die Unruhe ließ nicht nach, das Gefühl, dass er etwas verloren habe und danach suchen müsse. Er wünschte sich nun doch, mit Mailänder sprechen zu können, aber er telefonierte nicht.

Auf dem Weg in das Café, das er »früher« oft besuchte, überfiel ihn eine Art erinnerndes Heimweh nach der Pinte in Travemünde. Nach dem Selbstvergessen, dem Rausch. Das ließe sich vielleicht auch an einem anderen Ort wiederholen.

In dem Café, einem Schlauch, der sich zu einem kleinen Garten öffnete, saßen nur wenige Gäste. Eine ähnliche Besatzung wie damals. Die Bedienung näherte sich ihm vorsichtig, als sei er ihr nicht geheuer, nachdem sie einen Stuhl beiseitegeräumt hatte. Er fragte, ob sie ihm einen Weißwein empfehlen könne, am besten einen Riesling. Sie nannte ihm ein paar Rieslinge aus Rheinhessen und dem Rheingau, als kenne sie seine Vorlieben.

Sind Sie früher nicht öfter hier gewesen?, fragte sie. Ihr Blick wanderte suchend über sein Gesicht. Haben Sie einen Unfall gehabt?

Bringen Sie mir, bitte, erst einmal diesen Rheinhessen aus Nierstein. Dann beantworte ich Ihre Fragen. Sie ließ sich auf die von ihm erdachte Szene ein, deutete einen Knicks an und lief zur Theke. Als sie zurückgekehrt war, knickste sie wieder. Und nun?

Ja, früher war ich öfter hier. Aber kein Unfall setzte mich in den Rollstuhl, sondern nur Pech und Gebrechlichkeit. Das wäre untertrieben, sagen wir: Hinfälligkeit.

In diesem Moment hatte es den Anschein, als wolle sie sich zu ihm setzen. Dann sagte sie leise: Wenn ich als Bedienung das bemerken darf: Sie nehmen sich immerhin nicht ernst.

Er hob das Glas, das sie vor ihm abgestellt hatte, blickte durch den Wein auf die Frau: Als Bedienung dürfen Sie alles sagen.

Denken Sie.

Erlaube ich mir, angeregt durch Ihre Gegenwart zu denken.

Sie ging mit einem unterdrückten Kichern. Er trank, bestellte ein weiteres Viertel, er vertrug nicht mehr viel, genoss aber die Veränderung, die in ihm vorging; die Stimmen, die er in Gedanken hörte, bekamen ein Echo und er hatte das Gefühl, über seine Haut ziehe sich eine zweite.

Ein älterer, nach Tabak stinkender Mann setzte sich ihm gegenüber und erklärte, dass dies sein Stammplatz sei.

Ich kenne nur Stammtische.

Also, das ist mein Stammtisch.

Das war mir nicht bekannt. Wünschen Sie, dass ich mich umsetze?

Ich kenne Sie doch, sagte sein Gegenüber.

Ich Sie nicht.

Sie wohnen in der Wolfsgangstraße.

Das wissen Sie also.

Sie können hier sitzen bleiben, sagte der Kerl, seiner Position sicher, wenn Sie mich zu einem Wein einladen.

Die Bedienung kam ihm zuvor und brachte den Wein.

Wein habe ich hier noch nie getrunken. Danke.

Wenger bestellte für sich nach.

Ob er nicht noch einen Kaffee haben wolle, erkundigte sich die Frau ernsthaft besorgt.

Danke. Da würde mir übel.

Sein Gegenüber prostete ihm zu: Auf den Spender.

Sonst trinken Sie wohl nur Schnaps?

Sie haben mich auf den Wein gebracht.

Wieder, wie in Travemünde, geriet er in die Schwebe. Er begann sich zu verlieren. Wieder legte sich die Hand der Frau auf seine Schulter. Er beugte sich nach vorn und entzog sich ihr. Er sah, wie sein Gegenüber redete, er hörte den Mann nicht. Der Boden unter ihm bewegte sich, der Rollstuhl wurde zum Schaukelstuhl. Er beugte sich weiter nach vorn und berührte mit der Stirn die Tischplatte. Die Welt rauschte nur noch sehr leise, und der Tisch bewegte sich in einer schwachen Dünung. Ich denke albern, er rieb sich die Stirn am Tisch. Hör auf damit, sagte er.

Das finde ich auch, hörte er eine Frauenstimme. Ich glaube, Sie sollten nach Hause.

Er hob den Kopf. Sein Gegenüber war verschwunden. Die Bedienung fasste wieder nach seiner Schulter. Wir haben einen Gast gebeten – sie zeigte auf einen dünnen jungen Mann –, Sie nach Hause zu bringen. Es wurde hier behauptet, Sie wohnten in der Wolfsgangstraße.

Das trifft zu. Was für ein steifer, törichter Satz, ging ihm durch den Kopf, und er überlegte, wie er ihn mildern sollte: Danke, sagte er und sah um sich.

Geht es Ihnen denn besser?

Es ging mir nie besser. Er sah, dass er die Frau mit seiner Antwort verärgerte.

Können wir?, ließ sich sein Begleiter mit einer Bubenstimme vernehmen.

Wenger nickte. Ciao, verabschiedete er sich, durchaus zufrieden: Die Wiederholung war ihm gelungen.

Der Junge schob ihn ein wenig vorsichtig, als er die Straße überquerte, nahm jedoch Tempo auf und der Rollstuhl begann zu schleudern. Er entschuldigte sich.

Wenger wendete ihm den Kopf zu: Das muss man auch üben, wie beinahe alles.

Der Junge grinste verlegen. Wolfsgangstraße?, fragte er.

Wie schon gesagt, Wenger nickte ihm aufmunternd zu. Vor dem Haus ließ er ihn anhalten. Er dankte seinem Begleiter. Von hier aus schaffe ich es allein. Im Haus gibt es einen Lift. Sie haben mir sehr geholfen. Danke.

Er hob seine Hand, die der junge Mann mit seiner flüchtig berührte: War doch selbstverständlich.

Wie von einer böswilligen Regie erfunden, tauchte neben dem Mann die Abendpflegerin auf. Wo kommen Sie denn her, Herr Wenger?

Aus dem Nirgendwo.

Und Sie haben getrunken. Sie beugte sich zu ihm, schnüffelte wie ein Suchhund.

Er blies ihr aus Leibeskräften ins Gesicht. Ja, das habe ich.

Sie übernahm das Kommando, schob den Jungen zur Seite und machte sich auf den Weg zur Wohnung. Dort ließ sie ihn im Flur im Rollstuhl stehen.

Er stand übermütig auf, schwankte, suchte mit den Händen in der Luft Halt und kippte nach vorn. Er stürzte in den Aufschrei der Helferin. Alles nahm er wahr: wie sie neben ihm kniete, ihm den Puls fühlte, die Hand auf seine Lippen legte, wie sie aufseufzte, ein Seufzer, den eine kalte Wut ausgelöst hatte, bis sie, noch kniend, das Handy aus der Tasche zog und Mailänder anrief: Herr Doktor, flüsterte sie, Herr Wenger liegt hier, ist umgefallen und stark betrunken. Ich kriege den Mann nicht hoch. Soll ich den Notarzt rufen? – Gut, ich warte auf Sie.

Wenger hörte zu. Es war kein schlechtes Stück, das er sich ausgedacht hatte. Sein Bewusstsein wurde immer faseriger. Er machte es sich auf dem Boden bequem und streckte sich aus.

Diese Bewegung kommentierte die Helferin empört, indem sie ein einziges Wort herausstieß: Besoffen.

Er schwamm auf der Stelle, bis Mailänder an ihm riss: Komm hoch, Johannes. Was soll dieses Theater wieder?

Er griff Wenger unter die Arme, schleifte ihn den Flur entlang ins Arbeitszimmer bis zur Couch. Dann rief er die Pflegefrau. Sie solle ihm helfen, Herrn Wenger auf dem Sofa zu platzieren, er könne dort sitzen und aus dem Sitzen in den Rollstuhl umsteigen. Sie schoben ihn und rüttelten ihn hin und her, zogen ihn mit Mühe auf die Knie, sodass sie ihn bäuchlings und zur Hälfte auf das Sofa wuchteten, fluchend und stöhnend ihn auf den Rücken wälzten und in den Sitz knickten.

Mailänder stand schwer atmend vor ihm, setzte zu einer Frage an.

Wenger fing sie ab: Ich musste, Mailänder, ich musste diesen künstlichen Rand des Bewusstseins noch einmal ausprobieren.

Das alles bekommt dir nicht. Er griff nach Wengers linkem Bein, umfasste die Fesseln. Voller Wasser, stellte er fest, holte sein Dienstköfferchen, nahm Wenger Blut ab, überließ ihn der Pflegefrau und dem Abendessen. Leg dich gleich schlafen.

Wenger trieb ein Anfall von Scham Blut in den Hals. Heiser bedankte er sich. Er hörte sich an, fand er, wie ein krähender Hahn.

Mailänder räumte die mit Blut gefüllten Ampullen in die Tasche. Aber bitte keine Wiederholung! Er legte seine Hand auf die Hand Wengers und ging.

Jeden Tag kam Karola, prüfte den Zustand seiner Füße und nahm ihm Blut ab. Er legte Wert darauf, dass sie das tat, denn sie fand leichter seine alte Vene als Mailänder, der planlos herumstocherte.

Der Sommer schickte sein Licht voraus. Im Traum schwamm er in einem See, legte sich auf den Rücken, der Himmel über ihm war rund, eine ausgeleuchtete Kuppel, und plötzlich durchfuhr ihn ein Schreck, als neben ihm ein großes Schiff erschien. Er wachte, Atem holend, auf.

Von der Morgenschwester ließ er sich auf den Balkon schieben. Die Kastanie im Hof prahlte mit einem satten Grün. Sie könnten mich auf dem Balkon aussperren, dachte er. Ich würde von den Schreien der Kinder, die unten im Hof spielen, durchlöchert, der Wind dörrte meine Haut und ich bliebe auf die Dauer dem Haus als Mumie erhalten, eine Sehenswürdigkeit.

Katharina und Karola ließen ihm keine Zeit, sich vom Wind mumifizieren zu lassen. Karola horchte ihn besorgt ab. Sie werde ihm verstärkt Diuretika verschreiben.

Ich weiß, sagte er, der Wasserpegel steigt. Ich werde in mir absaufen.

Der Morgenhelferin erklärte er, nachdem sie ihn beim Waschen mit Wettermeldungen unterhalten hatte, dass er im Bett bleiben werde. Mailänder bat ihn inständig, doch wenigstens auf dem Balkon »ins Freie zu gehen«.

Wenger verbat sich derartige auf Hilfe getrimmte Albernheiten.

Der Creatininwert stünde noch schlechter, erfuhr er von Karola.

Seit der Wiederholung von Travemünde befand er sich auf einer abschüssigen Bahn. Immerhin vorsätzlich. Die Angst stieg in ihm wie das Wasser. Dennoch wurde er von der Atemnot, die das Leben aus ihm zu quetschen drohte, überrumpelt. Der Botenjunge hatte das Essen gebracht und den Tisch gedeckt, sie hatten ein paar Worte gewechselt. Er hatte vor, auf dem Balkon Atem zu holen. Da wurde der ihm abgeschnitten. Die Sätze, die er dachte, bekamen Lücken. Er stöhnte und warf sich, nach Luft schnappend, im Rollstuhl hin und her. Er sah das Handy auf dem Tisch, wählte den Notruf, nannte, als eine Frauenstimme nach seiner Not fragte, seine Adresse, seinen Namen. Setzte ein verdoppeltes Schnell nach, rollte zur Wohnungstür, um sie den Rettern zu öffnen. Es ging über seine Kraft. Mailänder wird sich ärgern, wenn ich so hilflos verrecke, dachte er und: Ich denke kindisch.

Es klingelte, er riss die Tür auf. Der Notarzt, der sich zu ihm beugte, glich einem Fußballer, den er Tage zuvor im Fernsehen gesehen hatte. Atemnot, hörte sich Wenger, Emphysem! Nicht zum ersten Mal.

Der Fußballer handelte. Er rief einem seiner Begleiter zu: Sauerstoff! Er bekam die Maske über Mund und Nase gestülpt und konnte leichter atmen. Danke, sagte er, für die andern unhörbar, in die Maske. Nach ein paar mühsamen Atemzügen verlor er das Bewusstsein. Als er zu sich kam, lag er schon im Krankenwagen, hörte die Sirene und fand es tröstlich, unter solchem Getöse durch die Stadt gefahren zu werden.

Die Aktionen der Schwestern auf der Intensivstation kannte er auswendig. Katheter, nach Keimen im Mund und in der Nase forschen, eine Braunüle setzen für den Tropf, eine Klammer auf einen Finger schieben zur Kontrolle des Sauerstoffgehalts im Blut. Mailänder tauchte auf, er durfte als Arzt in die Intensivstation. Er sagte nichts, setzte sich auf den Bettrand, fasste nach seiner Hand. Nun hast du es geschafft, Hannes. Ich wünschte mir, du hättest dieses Tempo nicht drauf. Hier wirst du allerdings gut versorgt, hoffe ich.

Wo ist hier?, fragte er.

Die Uniklinik.

Kenn ich schon.

Willst du womöglich wechseln?

Mal sehen.

Ich merke, du bist trotz allem gut drauf.

Glaube mir nichts, Mailänder.

Mailänder stand auf, beugte sich zu ihm und küsste ihn auf die Stirn. Das war neu. Das hatte der Freund noch nie gewagt. Er entfernte sich schnell, um nicht von einer spöttischen Bemerkung Wengers aufgehalten zu werden.

Adieu!, rief der ihm nach.

Er lag in der Kardiologie. Nicht der Lunge wegen, sondern wegen des schwach pumpenden Herzens. Und die Nieren?, fragte er den Arzt.

Wir verfolgen die Entwicklung, tröstete der.

Doch Wenger, in seiner trainierten Empfindlichkeit, ahnte, was kommen würde. Die Müdigkeit nahm zu, der Appetit ab. Er spürte keinen Hunger mehr. Die Schwestern drängten ihn, mehr zu essen. Er schlief fast den ganzen Tag, nahm statt Frühstückssemmeln Tabletten zu sich. Die ersten Nächte hatte er keine Träume, wenn er in die Finsternis hineinglitt.

Karola und Mailänder standen häufig, sobald er erwachte, an seinem Bett. Er war kaum fähig zu sprechen. Mailänder äußerte sich vorsichtig, er mache sich große Sorgen, vertraue jedoch der Aufmerksamkeit der Kollegen. Als Urämie wurde sein Zustand bezeichnet. Sterben im Konjunktiv. In seinen Tagschlaf drangen Sätze als falsche Medizin: Er ist halt alt. Es fragt sich, ob er die Vergiftung aushält. Wir sollten ihn der Nephrologie übergeben.

Dort krümmte er sich zusammen, wurde zum Kind

Moses im Körbchen auf dem Fluss, wie oft, wenn er in der Klinik lag, nach dem Herzinfarkt, nach dem Hirninfarkt, nach dem Emphysem. Jetzt trieb er anders, verletzter, aber auch furchtloser, bereit für die Träume, aus denen er hinauswuchs in ein im Takt von Maschinen geführtes Leben.

Urämie – das heißt, dozierte der behandelnde Arzt, durch Harn vergiftetes Blut, da die Niere nicht mehr funktioniert.

Er nahm den Begriff mit in den Schlaf, es war einer für Dämonen, die das Gehirn attackieren, das Blut bis zur Anämie zersetzen, Träume beherrschen. Zum Beispiel seine. Er träumte nun anders und immer gleich: Er konnte sie an seinem Bett noch hören, die Schwestern, die Ärzte, Mailänder, Karola. Aber die Stimmen schwanden.

Er fuhr mit seinem Bett in einen riesigen, dunklen Raum, einer Kirche gleich, in den vier Himmelsrichtungen Apsiden. In der Mitte wurde er abgestellt. An diesem Ort würde er sich immer wieder finden. In der Dunkelheit bewegten sich Personen, wurden deutlich durchleuchtete schwefelgelbe Konturen sichtbar, bewegten sich, dann dehnten und krümmten sich die Linien, wurden gerade oder krumm, blieben aber immer ein erkennbarer Umriss. Die Choreografie im Raum rund um das Bett änderte sich so gut wie nie.

An der Tür in seinem Rücken, durch die er gekommen war, schien ein Wächter zu stehen, ein älterer Mann, was Wenger aus dessen Stimme schloss. Zu Füßen des Bettes schimmerte ein zierlicher Umriss, vermutlich eine Ärztin oder Schwester. In der westlichen Apsis pulsierte in Schwefelgelb eine Gruppe von Konturen, die er sich nicht erklären konnte. Gelegentlich eilte in fast allen Träumen ein kräftiger Schatten durch den Raum, ein Bote. Obwohl nur selten eine Stimme laut wurde, hörte er sie, mitunter durcheinander redend, von ihm sprechen.

Die Stimme erzählte ihm, was er gewesen war. Seine Geschichten. Da sie in seinem Traumbewusstsein ihre Resonanz fand, geriet er aus dem Traum ins Schweben, der Körper wurde leicht, die Todesangst legte sich. Es konnte vorkommen, dass der Wächter Besuch ankündigte. In einem der spätesten Schwefelträume sah Wenger in der östlichen Apsis ein huschendes Licht, eine sich in der Bewegung auflösende Kontur, die in ihm eine eigentümliche Sehnsucht auslöste. Er fragte in sich hinein und erhielt von der Person an der Tür die vage Antwort: Das könnte Ihre Mutter sein. Sie könnte zu Ihnen wollen.

In seinem Bewusstsein nistete sich eine Stimme ein, die der von Gutbrod glich, aber er konnte nicht ausmachen, aus welcher Richtung sie kam und ob sie überhaupt leuchtende Konturen hatte.

Aus dem Traum riss ihn jedes Mal morgens die Schwester mit der Sitzwaage. Taumelnd erreichte er sein Gewicht. Noch hing, was er nachts erfahren hatte, in rätselhaften Fetzen in seinem Gedächtnis. Eine zweite Schwester kam, um ihn zu waschen. Er durfte wieder schlafen.

Das Frühstück ließ er stehen. Mailänder, der ihn am Nachmittag besuchte, versuchte mit ihm zu reden. Es fiel ihm unendlich schwer, ein Wort herauszubringen. Dennoch bekam er mit, wie sein Freund und der Chefarzt über eine mögliche Entgiftung debattierten, weit entfernt wie über einen ihm unbekannten Moribunden. Er wünschte sich zurück in den dunklen Saal mit den schwefelgelben Personenkonturen.

Wenigstens eine Scheibe Brot solle er am Abend essen, drängte die Schwester. Bitte, Herr Wenger. Er schüttelte den Kopf und legte sich zur Seite. Vielleicht war er noch nicht leicht genug für den dunklen Traum.

Er kehrte zurück, träumte sich in den Apsidensaal. Die Konstellation der Konturen hatte sich nicht verändert bis auf eine ihn schmerzende Pointe: Die sprühende Schwefelspur, die seine Mutter angekündigt hatte, war einer neuen Kontur gewichen, die klein und sehr beweglich die südliche Apsis beherrschte. Lange konnte er sie nicht identifizieren, aber dann begann sie zu reden. Es war seine Dresdener Großmutter, die nach dem Bombenangriff durch den Feuersturm geirrt war, bis sie von hilfsbereiten Leuten aufgefangen wurde. Am Kriegsende war sie an den Tegernsee gezogen, und er hatte sie nur wenige Male getroffen, eine elegante Zwergin, die die Rolle einer Greisin übte und ihn bei ihren Besuchen nötigte, jeden Tag mit ihr ins Theater zu gehen, wo sie sich festlich und entrückt fühlte. Ihre Kontur wurde, schien ihm, im gleißenden Schwefelgelb gezeichnet, aber sie meldete sich nur einmal mit der ihm vertrauten Stimme, vielleicht, um sich zu erkennen zu geben. Plötzlich bewegte sich sein Bett, wurde in die Gegenrichtung gedreht, sodass er die Kontur des Mannes an der Tür sehen konnte. Sie wurde unter seinem Blick größer und leuchtete intensiver. In seiner Größe begann die Person einen rituellen Tanz, lauter sanfte, beruhigende Bewegungen, die in der Kontur sich auswuchsen. Das beruhigte ihn, verlieh dem Traum eine andere Temperatur.

Als die Konturen auf die ursprüngliche Dimension schrumpften und er sich im Traum entspannt hatte – das teilte ihm sein Bewusstsein mit –, hörte er den Mann sprechen: Es ist das Gift, das dich hierhergespült hat, nicht auf Dauer. Der Raum begann zu tönen, sammelte Stimmen ein. Sie summten eine Musik aus seiner Erinnerung: »Der Hirt auf dem Felsen.«

Er wurde unsanft geweckt, nicht von der Sitzwaagenschwester, sondern von der Schwester, die den Zuckerwert kontrollierte. Er schlief erneut ein, glitt aber in eine flache, von Geräuschen gesäumte Helligkeit.

Aus der tauchte er auf, als Mailänder ihn ansprach: Hannes, komm zu dir!

Mailänder täuschte sich, er war bei sich, ihm war übel, jeder Atemzug schmerzte ihn.

Der Freund musterte ihn entsetzt. Um seinem Entsetzen zu entsprechen, gab er dem Elend, das in ihm brodelte, nach. Der Chef der Phrenologie hat mich gebeten, dich vorzubereiten.

Auf was, Mailänder? Auf eine Tortur?

Im gewissen Sinne ja. Auf eine nützliche, lebenserhaltende.

Wenn du dich so geschwollen ausdrückst, ist der Teufel im Anmarsch.

Deine Nieren haben versagt, Hannes. Du bist schwer krank. Präzise erklärt: ganz und gar vergiftet. Da die Nieren nicht mehr arbeiten, wird dein Blut, dein Körper nicht mehr befreit von belastenden Stoffen. Ein Vorgang, der zum Tod führt.

Mailänder, der die Schrecklichkeiten stehend doziert hatte, setzte sich an den Bettrand und legte seine Hand dorthin, wo er unter der Decke Wengers Hand vermutete.

Der befand sich schon wieder in einem Zustand der Schwebe, vorhanden und weg.

Die Ärzte werden versuchen, deinen Körper zu entgiften. Das bedeutet, dass er notwendigerweise strapaziert wird mit unterschiedlichen Infusionen, und diese im Wechsel: Cortison und bestimmte Antibiotika. Er beugte sich über Wenger, der seine Abwesenheit ausspielte: Verstehst du, was ich dir erkläre?

Selbst jenseits der Grenze bist du zu verstehen, Mailänder.

Ich möchte, dass du vorbereitet bist.

Ich bin es.

Sei dir nicht so sicher. Das Ganze geht an die Substanz.

Über meine Substanz weiß ich Bescheid.

Du bist in Gedanken noch immer schnell.

Ich muss dich korrigieren, Mailänder: im Denken.

Mailänder erhob sich, stand wieder neben dem Bett: Na gut, Hannes.

Die junge Ärztin, die ihm die Braunüle für die Infusion legen sollte, vertrieb Mailänder, der versicherte, am nächsten Tag nach ihm zu sehen.

Wenger fürchtete die Nadel, die in die Vene auf der Hand getrieben wurde. Seine Venen waren schwer zu finden. Versteckte Venen, Rollvenen. Diese Bezeichnungen schmerzten böse und hinterließen blaue Flecken.

Die Ärztin schaffte es, mit einer Entschuldigung, beim zweiten Versuch.

Zuerst merkte er die Wirkung der Infusionen nicht. Er dämmerte vor sich hin, verweigerte das Mittagessen. Am Nachmittag besuchte ihn Karola, legte ein Buch auf den Nachttisch, versah es jedoch mit einer negativen Leseanweisung: Wahrscheinlich hast du keine Lust, es zu lesen. Du kennst es, und Wiederholungen sind in einem solchen Zustand lästig.

Gib es mir, bat er und legte es, nachdem er den Titel gesehen hatte, beiseite: »Der grüne Heinrich«. Schwere Kost ist mir von den Ärzten verboten worden, und die Anstaltsküche hält sich mit Mühe und Geschmacklosigkeit auch an diese Vorschrift.

Ich verstehe. Sie lachte, küsste ihn auf die Stirn und erzählte dann ausführlich von Katharina, ihrem Versuch, den Bau der Stadt fortzusetzen, und dass sie traurig sei, ihn nicht besuchen zu dürfen. Noch ehe er sich verabschieden konnte, schlief er ein.

Und wieder nahm ihn der dunkle Saal auf, sein Bett glitt in dessen Mitte, rundum bewegten sich schwefelgelb eingefasste Personen. Er konnte, wie im letzten

Traum, den Wächter sehen. Der hob die Arme – wohl zur Begrüßung? –, und seine Kontur flimmerte, als entzünde sie sich selbst. Wenger spürte, selbst im Traum, wie sein von Medikamenten attackierter Körper sich beruhigte und seine Gedanken sich festigten. Der Wächter erzählte im schwäbischen Tonfall Gutbrods von Wengers Verzweiflung über abgelehnte Wettbewerbsentwürfe, misslungene Vorschläge, seine Unfähigkeit, sich durchzusetzen, seine schädliche Gleichmütigkeit. Nachdem er geendet hatte und in Wengers Gedächtnis die Aufzählung Szenen hervorrief, drehte sich das Bett um die eigene Achse. In der gegenüberliegenden Apsis regten sich nicht nur die Konturen dreier Frauen. Sie hatten sich vervielfacht – zwischen den Träumen?, fragte sich der Träumer – zu einer Gruppe von Tänzerinnen, die mit ihren schwefelgelb leuchtenden Fassungen spielten, sie verwirbelten zu pulsierenden Linien, die zu verfolgen Wengers Atem beschleunigte. Zu allem erklang eine Musik, die er liebte, Schuberts f-Moll-Fantasie für Klavier zu vier Händen, mit der eigentümlich fragenden Wendung am Beginn, die er auf sich bezog. Die leuchtenden Personen bewegten sich unendlich langsam, traumlangsam.

Die Müdigkeit riss ihn aus dem Schlaf, eine Paradoxie, die er nicht begriff, sich nicht erklären wollte. Er war ihr ausgeliefert in seinem Elend, das von um sich greifenden Schmerzen oder einem aggressiven Unbehagen grundiert war.

Wie gut, dass Sie so tief schlafen können, hörte er den Chefarzt. War das eine tröstliche Botschaft?

Es geht mit Ihnen voran.

Die Infusionen wurden weiter gewechselt. Beim Anblick des Abendessens wurde ihm übel. Die Schwester räumte es, seinen Widerstand beklagend, ab. Danach notierte sie etwas in ein Heft, das auf dem Abstelltisch neben der Tür lag. Offenbar wurde aufgeschrieben, wie viel oder ob er überhaupt nichts gegessen habe.

Der Tropf wurde erneut gewechselt. Nach der Abendwäsche wickelte ihn die Schwester, die er am meisten schätzte und deren Namen, Agneszka, er sich merkte, in eine überdimensionale Windel.

Er überwand seine Scham: Wozu?, fragte er.

Nur aus Vorsorge. Das müsse er verstehen.

Was er nicht verstand. Wohl aus Vorsorge beugten sich die Ärzte, der Chef und die Stationsärztin über ihn, Blut wurde ihm abgenommen, aus Vorsorge wurden ihm zusätzliche Tabletten überreicht, die Infusionen am Tropf erneuert; alles aus Vorsorge.

Mailänder erschien in Eile, er wolle nicht stören, unterhielt sich flüsternd mit dem Chef. Wenger war es egal, was sie aushandelten, was sie über seinen Zustand wussten, wie sie über ihn redeten. Die Übelkeit, die er am Nachmittag schon erwartet und gefürchtet hatte, verstärkte sich, wurde aber von der Müdigkeit weggeschwemmt.

Er war wieder unterwegs. Der Traum wiederholte sich.

Wieder glitt das Bett vorbei am Wächter, dessen leuchtende Kontur fest blieb, in die Mitte des dunklen Saals. Wieder flimmerten in der festen Ordnung Konturen. Wenger lag erwartungsvoll und merkte, wie sich sein Zustand veränderte. Der Traum hatte ihn von seinem Körper entfernt. Doch nun spürte er ihn. Er rebellierte gegen die beruhigende Finsternis. Er schmerzte und brodelte. Die Frauenkontur am Fuß des Bettes begann sich zu regen und ihr Umriss blitzte und pulsierte. Sie fing an zu reden. Obwohl ihre Kontur ihm jung erschien, hörte sich ihre Stimme alt an. Sie erzählte von seiner Angst vor der Liebe, seinen Fluchten vor Frauen, seiner vorgeschützten Meinung, allein sein zu müssen. Das hast du davon. Sie duzte ihn, was ihn verblüffte, da alle ihn bisher mit Sie angesprochen hatten, Distanz bewahrten. Sie erriet, was er dachte, und der schwefelgelbe Umriss bebte ein wenig, als lache sie in sich hinein: Ich weiß, ich bin dir nahegerückt. Ich könnte deinen Ängsten eine Angst hinzufügen. Es ist besser, du hörst nicht auf mich. Die Frau, die schwefelgelbe Personenkontur, entfernte sich von ihm, fegte durch den Raum, gesellte sich zur Gruppe der Tänzerinnen. Er sah ihr nach, es fiel ihm schwer zu atmen. Er schlief im Traum ein. Und wachte an sich auf.

Die Entgiftung führte ihn vor. In Stößen quoll es aus ihm heraus. Er beherrschte sich nicht mehr, schiss die Windeln voll, die die Vorsorge ihm umgewickelt hatte. Der Schlaf hatte ihm den Willen genommen. Er lag in seinem Gift und dachte gegen seine Scham an. Die Medizin demütigte ihn mit wechselnden Infusionen und dem Vorsatz, ihn vom Schmutz der gelebten Jahre zu befreien.

Die Schwester mit der Sitzwaage bat ihn zum morgendlichen Dienst. Er weigerte sich. Das könne er nicht.

Sie sah ihn verblüfft an und fragte: Was ist denn los?

Er könnte eine quäkende Kleinkinderstimme haben, dachte er, als Rettung, als Tarnung. Er sagte: Ich habe die Windel voll.

Sie reagierte keineswegs ärgerlich oder widerwillig: Dann müssen wir sie wechseln.

Für das »wir« war er dankbar.

Sie wechselte, bat ihn, den Po zu heben, »Brücke zu machen«, und riss die verkoteten Windeln unter ihm weg, drehte ihn auf den Bauch und wusch ihn. Das geht den meisten bei der Entgiftung so. Das müsse er sich nicht zu Herzen nehmen.

Nein, das nicht. Er war wieder bei sich, hatte die Schwäche für einen Moment überwunden.

Mailänder, der ihn besuchte, wusste Bescheid. Was mit dir geschieht, Hannes, nimmt dich mit, belastet deinen Organismus, deinen Kreislauf. Die Kollegen achten allerdings darauf, dass dein Herz nicht in Mitleidenschaft gezogen wird.

Da muss ich schon dankbar sein, Mailänder, die kaputte Niere genügt.

Sein Freund blieb, um das Wiegen zu verfolgen. Sechs Kilo weniger! Du nimmst ab, Hannes. Und an Lebenserwartung zu.

Immerhin machen deine Sprüche nicht dick, Mailänder. Es ging noch, sein Kopf war der Wörter mächtig. Zufrieden nickte er dem Satz hinterdrein. Mailänder erwiderte ihn mit einem Lächeln.

Ich möchte Katharina sehen, Mailänder.

Was für ein unerwarteter Wunsch. Weißt du, ich möchte ihr nicht zumuten, Opa Hannes so ausgemergelt und elend zu sehen.

Kinder vertragen eine Menge.

Woher willst du alter Eigenbrötler das wissen?

Ich bin in Albträumen dem Kind begegnet, das ich war.

Gut, ich komme morgen mit ihr.

Die Aussicht, das Kind zu sehen, beschäftigte ihn so, dass er das Essen verschmähte, gedankenverloren aus dem Bett aufstand, zur Zimmertür tappte und der Stationsärztin, die hereintrat, in die Arme fiel.

Wo wollen Sie denn hin?

Ins Freie.

Übertreiben Sie da nicht, Herr Wenger? Sie führte ihn zum Bett und half ihm hinein.

Der ungewollte Ausflug hatte ihn derart angestrengt, dass ihm im Liegen noch schwindelte.

Die Abendschwester kam, brachte Brot und Tee, blieb eine Weile im Zimmer, weil sie, wie er annahm, prüfen wollte, ob er die Portion Tabletten schlucke.

Er bereitete sich auf den Schlaf vor, las nicht, wie früher, ein paar Seiten, sondern schloss erwartungsvoll die Augen. Er wartete auf seinen Traum.

Die Dunkelheit umgab ihn von Neuem, sein Bett wurde in die Mitte des Saals mit den vier Apsiden geschoben. Das Schwefellicht, das die Personen umriss, flackerte mehr denn je, stimmte ihn ruhig und zugleich aufmerksam. Selbst aus den Apsiden, die nicht von Personen besetzt waren, klangen Stimmen, eintönige, lange Lautlinien ziehende Melodien.

Der Wächter redete in seinem Rücken: Damit du uns inzwischen nicht verloren gehst an den kranken Tag, werden wir dir vorführen, wozu du, wenn du wiederkommst, fähig sein wirst. Zu leuchten, vom giftigen Gelb gewärmt zu sein, die Schwere zu verlieren, die Stimme zu verändern, dich, wenn du dich vergisst, aufzulösen. Er redete in dem bayerischen Tonfall Ackermanns.

Tatsächlich begannen die drei Frauen in der Nische ihm gegenüber, sich langsam vom Boden zu erheben, die leuchtenden Umrisse nahmen ihnen offenbar das Gewicht, sie verschmolzen ineinander zu einer Dreierfigur, trennten sich, flogen nebeneinander, schlugen Salti in der schwarzen Luft, rissen, spielerisch, die Person am Fußende seines Bettes mit, zu viert schwebten sie über ihm, er sah sie trotz geschlossener Lider Kunststücke vollführen, einen Tanz in der Finsternis, der schwefelgelbes Licht ausspielte, Konturen, die, je wilder die Bewegungen wurden, sich aufzulösen begannen in Funkenspuren, allmählich erloschen.

Zum ersten Mal träumte er, aus dem Raum geschoben zu werden, an dem Türwächter vorbei, dessen Umriss sich leuchtend auf ihn legte und an ihm wegglitt mit der Stimme Ackermanns: Ich gebe dir die Sehnsucht nach uns mit, Wenger. Schlaf wohl.

Dieser Abschied half ihm nicht. Sein meuternder Leib weckte ihn. Der Unrat prasselte aus ihm heraus, führte ihm seine Hilflosigkeit vor, versah ihn mit krampfenden Schmerzen. Die Nachtschwester hatte ihm vor dem Schlafengehen die große Windel wieder umgelegt, was er ihr ausreden wollte. Nun war er ihr dankbar.

Der Morgenschwester verschwieg er sein neuerliches Elend nicht. Muss das denn sein?, fragte er bedrängt, als habe er an allem Schuld.

Sie reagierte freundlich und beruhigte ihn. Sie müssen sich nicht schämen, Herr Wenger. Die Entgiftung ist ein rabiater Prozess. Und der hat ja bald sein Ende.

Er mochte diese Frau, ihr sonderbar unanfechtbares Wesen, ihre ausgeklügelte Nähe. Aus irgendwelchen Gründen zog sie Nachtarbeit vor. So sah er sie nur am Abend und dann am frühen Morgen und selten während seiner irrwitzigen Nächte. Im Moment beobachtete er sie, wie sie die Reste des Tags im Zimmer ordnete, sich im Bad zu schaffen machte. Ihn wieder – das müssen Sie schon ertragen – in die Windel wickelte. Nie war sie da grob oder allzu rasch.

Als sie sich anschickte, das Zimmer zu verlassen, ihm eine gute Nacht wünschte, überkam ihn der Wunsch, ihr einen Brief zu denken:

Wir hätten uns nie kennengelernt, Schwester Agneszka, wäre ich mit meinen Beschwerden nicht auf Ihre Station, die Nephrologie, geraten. Sie sind nicht mehr die Jüngste und »schon lang« hier im Dienst. Ob Sie sich gleich für die Nacht entschieden, haben Sie mir nie erzählt. Schon im Morgenlicht erschienen Sie mir fremd und entfernt. Die Dämmerung am

Abend macht Sie schön. So spiegeln Sie sich in müden Augen. Hat die Kliniknacht eine Seele, dann sind Sie es. Sie kennen die Seufzer, das unterdrückte Stöhnen, die kurzen Schmerzensschreie, die langen Selbstgespräche der Patienten in ihren Zimmern. Sie wissen alle diese Geräusche zu hören wie eine aus den Fugen geratene Partitur.

Sie haben, Schwester Agneszka, die Ohnmacht der Lebenden vor dem Tod ein halbes Leben lang erfahren und wissen längst, dass vor dem letzten Atemzug eine dramatische Wegstrecke liegt. Sie kennen die Stationen und haben zu helfen versucht, wie Sie es als Ihre Aufgabe ansehen. Ich mit meinen mehr als achtzig Jahren befinde mich auf der Zielgeraden, die zur Krümmung wird. Mit verschlossenen Lippen bitte ich Sie, die Sie in der Kliniknacht verschwunden sind, stehen Sie mir, falls Sie anwesend sein sollten, bei.

Am frühen Abend brachte Mailänder, wie besprochen, Katharina mit.

Das Kind ließ die Hand ihres Vaters los, blieb in der Tür stehen, starrte auf Wenger und wurde vor Schreck und Mitleid noch zierlicher und durchsichtiger. Hallo, Opa Hannes, rief es und gab sich einen Ruck, lief durch das Zimmer und warf sich heftig auf ihn. Du musst bald weg hier!

Das habe ich, so oder so, vor.

Was heißt das?

Das ist nur für alte Knacker.

Quatsch! Sie richtete sich auf und überraschte Wenger mit der Ankündigung: Ich werde jetzt was tanzen. Ich lerne nämlich tanzen.

Sie stellte sich straff, das Kreuz hohl, in der Mitte des Zimmers auf, hob die Arme. Das tat sie mit solcher Grazie und Innigkeit, dass Wengers Atem sich wie ein Schluchzen anhörte. Sie rief die Positionen, in die sie sich bewegte: eins, zwei, drei vier! Dann schwebte sie, einem Schmetterling gleich, die Arme ausbreitend, drehte sich um sich selbst, sank in die Knie, neigte das Köpfchen.

Wenger klatschte. Du hilfst mir, Katharina. Du machst mich leicht.

Sie reckte sich vor Stolz und machte einen Knicks.

Komm bald wieder.

Und du, darfst du bald aus dem Krankenhaus?

Ich gebe mir Mühe.

Das hoffen wir, bekräftigte Mailänder, und die beiden verließen ihn.

Er gab einer Schwäche nach, starrte so lange aus dem Fenster auf die Fassade gegenüber, bis sie in Bewegung geriet und die Fenster sich verzerrten und davonglitten.

In dieser Übung wurde er von der Stationsärztin gestört, die ihm mitteilte, dass die Entgiftung morgen beendet werde, also auch die Infusionen.

Danke, die Stimme versagte ihm, wie neuerdings oft.

Sie müssen sich nicht bei mir bedanken. Sie haben das erlitten und geschafft.

Er lächelte sie an und nahm mit der ihm peinlichen Frage Anlauf: Und der grässliche Durchfall?

Die Doktorin reagierte, ihm zur Hilfe, realistisch. Die Schwester wird Sie noch für die Nacht ausrüsten.

Das Abendessen wurde ihm nicht wie üblich auf dem Tablett gebracht. Die Schwester stellte einen Teller mit einem Käsebrot auf den Nachttisch und eine Tasse schwarzen Tee, den er als Abendgetränk bevorzugte.

Versuchen Sie es doch einmal.

Er aß ihr zuliebe das Brot.

Sie trug erfreut den leeren Teller ab, kam wieder, wickelte ihn in die monströse Windel und tröstete ihn: Wahrscheinlich zum letzten Mal.

Er legte sich zurecht, es drängte ihn in den dunklen Saal, doch er konnte nicht einschlafen. Er lag, horchte auf die Geräusche vor der Tür, die Stimme der Nachtschwester, auf das Knattern des Gerätewagens, den sie vor sich herschob, näher, an der Tür vorbei, also nicht ihn meinte, worauf er sich entspannte.

Er wurde nicht in die Mitte des dunklen Saals geschoben. Ihm fiel anfangs die Veränderung nicht auf, denn sie begann in Andeutungen: Die schwefelgelben Konturen der Personen, auch der drei Tänzerinnen in der Apsis vor ihm, flackerten und wurden unterbrochen. Nein!, hörte er sich rufen. Das Licht nahm ab, die Schwefelfarbe zerbröselte. Zu seinem Erstaunen schloss ihn plötzlich ein schwefelgelber Rahmen leuchtend ein, zeichnete auch den Umriss des Bettes nach. Er merkte nicht gleich, dass sein Bett schwebte, höher, ihn schaukelte, er jedoch nicht hinauszurutschen drohte, in die nur noch von ihm und dem Bett erhellte Dunkelheit, da er durch die leuchtenden Linien mit seiner fliegenden Unterlage verbunden war. Das Bett schwebte in sämtliche Apsiden, besetzte und unbesetzte, doch schien die Finsternis noch undurchdringlicher. Schließlich flog es hoch in die Kuppel und Wenger schloss im Traum ängstlich die Augen. Als sein schwebendes Schlaf- und Reisegefährt sich auf den Ausgang zubewegte, hoffte er, wenigstens den Wächter zu sehen. Der blieb unsichtbar. Aus der Dunkelheit tönte die Stimme Ackermanns, den der Wächter offenkundig vertrat: Leb wohl, das sag ich dir ausdrücklich, Wenger, denke nicht daran, zurückzukehren. Leb wohl.

Können Sie gehen? Mit dieser unsinnigen Frage wurde er geweckt.
Was? Er versuchte sich aufzusetzen. Was fragen Sie, Schwester?
Können Sie gehen?
Sind Sie neu auf der Station?
Ja. Sie sollten mit mir ins Bad gehen können.
Rufen Sie doch eine Kollegin.
Die haben alle zu tun.
Und nicht alle mit mir.
Er hatte die junge Frau verstimmt mit seinen schnellen, heftigen Reaktionen. Sie presste die Lippen zusammen, riss ihm die Decke weg, zerrte an der Windel, warf sie angewidert in den Abfalleimer.
Die Stuhlwaage wurde hereingeschoben. Er erschrak,

wie schwach er auf den Beinen war, als ihn zwei Schwestern in den Stuhl wuchteten. Das wirkte nicht sonderlich freundlich. Aber erfreut teilte ihm die Schwester das Ergebnis der Prozedur mit: Siebenundsiebzig Kilo. Sie haben zehn Kilo abgenommen. Ich gratuliere.

Danke. Nun bin ich leicht und zu schwer für schlappe Beine.

Das gibt sich, Herr Wenger.

Versprechen Sie mir nicht zu viel.

Sie half ihm zurück ins Bett und machte Platz für den Chef und seinen Tross. Der strahlte einer offenbar guten Nachricht voran. Sie werden bemerkt haben, lieber Herr Wenger, dass wir die Infusionen abgeschlossen haben. Ihr Blut, Ihr Körper wurde von den Giften, die die Niere nicht mehr bewältigte, gereinigt, entgiftet. Das haben Sie auch drastisch erleiden müssen.

Bis heute Morgen, unterbrach ihn Wenger.

Der Chef reagierte flink: Zur Medikation gehören dieses Mal auch Tabletten gegen den Durchfall.

Danke. Wenger bemühte sich zu lächeln.

Das alles – der Chef, zierlich, weiße Löckchen bis in die Stirn und wachsame wasserblaue Augen hinter der randlosen Brille erhob die Stimme –, das alles ändert nichts daran, dass die Niere nicht mehr funktioniert. Oder vielleicht nur ein wenig. Was aber geschieht mit, schlicht gesagt, der Verunreinigung des Blutes? Es muss gewaschen werden. Dazu bedarf es der Dialyse. Drei Mal in der Woche. Vier Stunden. Es sei denn, Sie entschließen sich zu einer Transplantation, und ich melde Sie für eine neue Niere an.

Das will ich nicht. Ich bin dreiundachtzig.

Ich kann Sie verstehen.

Nur kann ich nicht verstehen, dass mit der Dialyse mir Lebenszeit gestohlen wird, um kümmerlich überleben zu können. Verstehen Sie das, Herr Professor?

Nein. Als Arzt kann ich das nicht akzeptieren. Kollege Mailänder wird das heute mit Ihnen besprechen. Wir haben miteinander telefoniert.

Als hätte ein Signal die Gruppe alarmiert, verschwand sie wieder.

Die Schwester, die ihm zum Stuhl am Fenster half und sein Bett in Ordnung brachte, seufzte über die Schwüle draußen. Draußen, sagte er vor sich hin, mir fehlt draußen, mir fehlt der Luftzug, der das Gesicht kühlt, mir fehlt die Bewegung.

Das kommt schon noch. Die Schwester hatte sich zu ihm gesellt, das Fenster geöffnet.

Jaja, nickte er ihr zu. Manchmal kann ein Trost danebengehen.

Das ist Berufsrisiko.

Sie hat, dachte er, Humor, im Gegensatz zu manchen ihrer Kolleginnen.

Er war unruhig, hoffte, dass Mailänder sich bald einstelle, ihm die Ängste ausrede vor seiner immobilen Zukunft.

Nerve ich Sie nicht?, fragte er die Schwester.

Sie sind einer von den Patienten, Herr Wenger, die wenig fordern und wenig wünschen.

Danke. Den Stolz, den er empfand, hielt er für kindlich. Na ja, setzte er nach.

Sie brachte ihn zurück ins Bett.

Er drückte den Kopf ins Kissen, atemlos und beschämt von der Anstrengung dieses kurzen Gangs, griff nach dem Buch, das ihm Karola auf den Nachttisch gelegt hatte: »Tschechows Erzählungen.«

Als er aufwachte, saß Mailänder neben dem Bett, in einem leichten, hellen Sommeranzug, gerade so wie einer der Herren bei Tschechow.

Hast du gelesen?

Ja, und ich bin dabei eingeschlafen. Übel. Der Professor hat mit dir telefoniert?

Ich mit ihm. Erinnerst du dich, wie wir auf deine Creatininwerte fixiert waren, darauf achteten, dass sie nicht ausbüxten.

Ich weiß, du hast gewarnt, aber ich weiß nicht, wovor.

Wenn Mailänder in die Zwickmühle geriet, strich er sich übers Haar: Und jetzt sind wir da, wohin wir nicht wollten.

Wenger drückte sich mit den Füßen vom unteren Ende des Bettes ab und sagte, stoßweise: Nicht wir, ich. Jetzt bin ich da, wohin ich nicht sollte.

Morgen könnten sie hier in der Klinik mit der Dialyse beginnen, falls du dich dazu entscheidest. Es ist möglich, dass die Prozedur an der Blutwaschmaschine dich anstrengt, dass du Kreislaufzusammenbrüche erleidest, wie auch immer.

Dieser ratlose Halbsatz regte Wenger auf: Wie auch immer! Das werde ich mir drei Mal in der Woche sagen müssen.

Mailänder nahm – gewissermaßen erleichtert – seinen ironischen Ton auf: Drei Mal in der Woche vier Stunden lang. Da hast du Zeit genug, dir das zu sagen.

Vier Stunden pro Tag, zwölf in der Woche, Mailänder, bedeuten die ein »geschenktes Leben«? Und was, wenn ich die Dialyse beende, abbreche?

Dann hast du noch ungefähr vier Tage. Die Vergiftung nimmt zu. Du dämmerst weg.

Es gelang Wenger, sich mit einem Ruck aufzusetzen. Er fasste Mailänder am Arm: Endlich, mein Lieber. Eine Therapie mit Aussicht.

Mailänder sagte: Ich fürchte, wir verrennen uns. Er machte der Schwester, die kam, um den Zucker zu messen, erleichtert Platz.

Übermorgen, am Tag nach der ersten Dialyse, wirst du entlassen. Aber morgen Abend schau ich noch einmal nach dir, möchte wissen, wie dir die Blutwäsche bekommen ist.

Blutwäsche – das hört sich an wie Folter.

Du übertreibst mal wieder, Hannes. Mailänder stand schon an der Tür und konnte zusehen, wie die Schwester seinen alten Freund in den Finger stach. Schlaf gut!

Das tat er. Er träumte nicht oder vergaß, was er träumte.

Um halb sieben, allzu früh, stand eine ihm unbekannte Schwester mit einem Pfleger an seinem Bettende und rief ihn mit der Mitteilung, dass er zur Dialyse abgeholt werde, zu sich. Die Reisen im Bett durch die Klinik waren ihm peinlich, deshalb hatte er beim ersten Mal den Pfleger, der das Bett schob, in Verlegenheit gebracht mit der Bemerkung: Wie der alte Hävelmann!

Was meinen Sie mit Hävelmann?

Das ist eine Märchenfigur des Dichters Theodor Storm. Wenger fragte nicht, ob er überhaupt Storm kenne.

Die Station, in der er nun ankam, bestand aus einer Flucht von drei Zimmern, die durch Fensterwände verbunden waren. Alle waren beherrscht von dem monotonen Rauschen der Dialysemaschinen. Das Bett machte eine riskante Kurve. Er landete im ersten Zimmer, in dem drei Patienten ihn erwarteten, er der verantwortlichen Dialyseschwester samt Akten übergeben und an die für sein Bett frei gehaltene Stelle geschoben wurde. Neben »seine« Maschine. Der Monitor, der mit einem Warnlicht auf dem Kasten der Blutreinigungsanlage mit dem Filter ruhte, zeigte den Schwestern und Ärzten den Stand der Gifte, den Blutdruck und andere Einzelheiten an. Ihm aber auch die Zeit, in der er noch der Maschine gehörte.

Die Patientin neben ihm, eine alte Türkin, wurde von einer türkischstämmigen Schwester auf Deutsch und Türkisch ermahnt, sie solle nicht so viel trinken und essen, sonst bleibe es nicht bei den vier Stunden. Es käme eine halbe oder eine ganze Stunde dazu. »Strafzeit«, sprach es in Wengers Kopf.

Vier Stunden, wie soll er das durchhalten? Schlafen? Lesen? Denken? Fernsehen glotzen? Kollabieren? Er schaffte es mit der Aussicht auf ungezählte Dialysen. Zurück im Zimmer, schlief er sofort ein und fragte sich danach, ob aus Erschöpfung oder aus einer in der Klinik erworbenen Gewohnheit.

Der Stationsarzt trat so auf, als sei ihm eine Wunderheilung gelungen. Sie können morgen nach Hause, Herr Wenger. Ich gratuliere. Bevor Sie gehen, bekommen Sie noch den Arztbrief. Ein Brief, in dem, entgegen der frohgemuten Heilsbotschaft, eine andere Beschreibung seiner Lage stehen würde: »finale Therapie.«

Gehen wir?, fragte am nächsten Tag Mailänder, der sich an den Tisch unterm Fenster gesetzt hatte, um den Arztbericht zu lesen. Er faltete die Blätter zusammen und schob sie umständlich in den Umschlag.
 Gehen? Wenger versuchte aus dem Bett zu kommen. Hat dich der Arztbericht auf Gehen gestimmt?
 Mich nicht. Ich bewege mich noch immer im Sitzen.
 Der Professor stürzte ins Zimmer, sich zu verabschieden. Mailänder war verschwunden, er suchte nach einem Rollstuhl. Ihr Leben wird einen anderen Rhythmus annehmen, meinte der Professor und fuhr sich mit der Hand durch die weißen Locken. Wenn Sie sich darauf einstellen, haben Sie gewonnen.
 Wenger saß unsicher auf dem Bettrand und fühlte sich keineswegs als Gewinner: Ich werde es probieren.
 Der Arzt verabschiedete sich: Wir werden uns in der Dialyse sehen. Leben Sie wohl, Herr Wenger. Auf Wiedersehen.
 Auf Wiedersehen. Er versuchte aufzustehen und fiel zurück aufs Bett.
 Mailänder kam mit dem Rollstuhl. Er packte Wengers Koffer, sah nach im Schrank, im Nachttisch. Lass

den Tschechow nicht liegen, bat Wenger. Er hat mich eine Zeit lang beatmet.

Mailänder schob den Rollstuhl so neben das Bett, dass ihn Wenger entern konnte. Er war eben Arzt und Dichter, sagte er, der Tschechow.

Die Schwestern bildeten auf dem Gang zum Lift ein schütteres Spalier. Danke, rief Wenger und spendete für die Kaffeekasse.

Draußen auf dem Weg zum Auto fuhr ihm die warme Sommerluft wie ein Lappen übers Gesicht. Das war er nicht mehr gewöhnt. Er forderte Mailänder auf, ihm Zeit zu lassen. Er müsse sich auf die Freiheit einstellen. Mach langsam, Mailänder.

Ich versteh. Er schob den Rollstuhl ohne Eile. Wir haben Zeit bis zum frühen Nachmittag. Karola vertritt mich. Er schlug vor, in einem nahe gelegenen Restaurant mit Garten zu essen. Da hast du dein Draußen, bevor dein Speise-Hermes dich zu Hause bedient. Ich bringe dich rechtzeitig zum Mittagsschlaf.

Es war kein Garten, in dem sie einen Tisch suchten. Es war ein Zimmer im Freien, ein wohnliches Abteil an der Straße. Der Verkehr toste, und die Passanten konnten den Speisenden auf die Teller sehen.

Ihm gefiel diese Insel in der Turbulenz. Er lehnte sich zurück, aber die Bedienung sorgte dafür, dass er wieder zu sich kam. Er bestellte. Ob er sich schon mittags einen Wein leisten solle, vor dem Mittagsschlaf, fragte er Mailänder. Das ist zwar verboten, aber ich setze mich mit einem Viertel darüber hinweg. Ein Viertel Flüssigkeit, nicht nur Wein, ist im Übrigen erlaubte Tagesration.

Ich weiß. Aber ich stehe dir bei.

Was für ein fragwürdiger Beistand.

Mailänder fischte eine Zeitung vom Nachbartisch. Die Titelseite wurde von einem Bild der zerstörten syrischen Stadt Homs beherrscht.

Wenger starrte wie hypnotisiert auf das Foto, dann sah er um sich. Das kannst du dir nicht vorstellen, da bist du zu jung. Hier war alles genauso kaputt. Für mich gehörte das ein paar Jahre zum Leben, zum Überleben. Heute schäme ich mich, die Losung von damals geglaubt zu haben: Nie wieder Krieg. Eine kindliche Hoffnung, die das fatale Wesen des Menschen, seine Unbelehrbarkeit, nicht zur Kenntnis nahm.

Sein Freund sah ebenfalls auf das Foto und schwieg. Nach einer langen Pause sagte er: Vorstellen kann ich mir das nicht, nein.

Wenger löffelte wortlos in der Bouillabaise. Die Bedienung brachte den Wein.

Haben sie dich in der Klinik gefragt, an welchen Tagen du zur Dialyse kommen möchtest?

Montag, Mittwoch, Freitag. Da habe ich das Wochenende frei. Nur frage ich mich, wie ich zur Klinik komme. Mit dem Taxi?

Mailänder winkte ab. Es gibt Krankenfahrdienste, die Rollstuhlfahrer transportieren. Ich kann dir die Fahrten bestellen. Wann willst du abgeholt werden?

Kurz nach dem Mittagessen.

Plötzlich trug der Wind die Geräusche vom Fluss herüber, das Wummern der Schiffsmotoren, die gelegentlichen Aufschreie der Sirenen. Wenger trank einen

Schluck, hielt den Wein auf der Zunge und schloss die Augen. Spuren von Leben, das alles für mich, sagte er und prostete Mailänder, der verblüfft seinen Blick erwiderte, zu.

Der nickte, trank sein Glas leer. Es ist Zeit, sagte er, ich bringe dich nach Hause. Die Pflegestation ist über deine Rückkehr informiert.

Wenn ich dich, nein, euch nicht hätte. Ich war eine lange Zeit weg und alles ist geordnet wie vorher. Das elende Leben nach der Hölle.

Übertreib nicht, Hannes.

Seine Wohnung roch anders, fremd und unbewohnt. Mailänder half ihm, sich auszuziehen. Er ließ sich ins Bett fallen. Der Wein, stammelte er, die Freiheit. Ich bin hundemüde.

Ich ruf an. Mailänder strich ihm mit der Hand über die Stirn. Schlaf gut und vergiss nicht: Die Hölle ist weit weg.

Mach das Fenster auf. Ich möchte im Schlaf das Draußen hören.

Mailänder verschwand mit einem geschnurrten Ciao.

Welche Geister, fragte er sich, haben während meiner Abwesenheit hier ihr Unwesen getrieben. Er bildete sich ein, sie noch zu spüren, sie zu riechen, die Luft schien sämig von ihnen zu sein. Er konnte nur schwer atmen. Er lag eine Weile wach und merkte nicht, wie er über die Grenze zum Schlaf trieb. Er träumte leicht, ohne den Druck von Klinikängsten. Mit Katharina und einem Pulk von Kindern spazierte er durch eine sommerliche Gegend, über eine Wiese, eine Chaussee entlang und immer wieder flogen die Kinder auf die Bäume, grölten von oben, und manche sangen mit dünnen Fadenstimmen. Es war ein leichter Schlaf, den er genoss, keine bedrückenden Traumreisen mehr, Sommerbilder.

Der Essensbote begrüßte ihn so überrascht, als habe er nicht mehr mit seiner Rückkehr gerechnet.

Herr Wenger! Wie schön, Sie wiederzusehen.

Er legte die Platte mit dem Abendbrot ab, lief in die Küche, Teller und Besteck zu holen. Sie waren, hörte ich, sehr krank. Er legte die Brote neben den Teller. Nur ein Brot belegen oder zwei?

Zwei, ich kann fressen, ohne zuzunehmen.

Ging das in der Klinik auch so?

Nein, da schmeckte mir nichts. Wer hat schon Appetit in der Hölle?

War es so schlimm?

Aber nein. Wenger biss mit Lust in das gut belegte Brot und beruhigte den jungen Mann mit vollem Mund. Sie wissen ja, ich übertreibe gern.

Darf ich? Der Junge setzte sich ihm gegenüber, hager, ein knochiges Gesichtchen, ein lächerlicher Bartzwickel unter der Lippe, rötliche Stoppelhaare und helle Augen.

Wie heißen Sie?

Dennis.

Ein Findelkind oder ein Namensopfer der späten Siebziger?

Ein Anflug von Röte stieg dem Jungen ins Gesicht: Ich bin kein Findelkind.

Das war auch nur im übertragenen Sinn gemeint.

Der Junge stand auf, zog die Platte mit dem restlichen Brot vom Tisch. Bis morgen. Gute Nacht, Herr Wenger.

Mailänder, der ihn noch besuchen kam, erklärte ihm, was er mit der Dialyse zu erwarten habe. Er könne sich nach der Prozedur schwach und schlaff fühlen. Das ist eine Sache der Gewöhnung.

Das Leben auch.

Wie meinst du das?

Wir müssen uns sowieso an das Leben gewöhnen. Frag einen Menschen, der eben auf die Welt gekommen ist.

Du bist mir nie geheuer, Hannes, wenn du philosophierst.

Du sagst es. Ich bin es mir auch nicht.

Das Abendlicht, auf kostbar gedimmt, wärmte das Zimmer. Es drängte ihn auf den Balkon. Mailänder schob ihn hinaus. Wenger reckte sich: Wahrscheinlich leide ich unter einer Bewusstseinsstörung, denn ich komme mir, seit ich vorhin geschlafen und etwas geträumt habe, jünger vor, trotz aller Furcht vor der Dialyse, vor der »finalen Therapie«.

Er sah über die Brüstung auf die Straße. Ich möchte laufen können wie die da unten, laufen, rennen, über Zebrastreifen, in Geschäfte, ins Café.

Mailänder streichelte seine Schulter: Gib dir Mühe, Hannes, versuch dich zu bewegen, mit dem Rollator; und wenn du im Bett auf dem Rücken liegst, imitiere radeln.

Ich denke nicht daran.

Wenn ich nur wüsste, woran du denkst.

An morgen. Dass ich abgeholt werde ins Dialysezentrum. Ein verordnet Abhängiger.

Mailänders Hand ruhte nun leicht auf seiner Schulter. Wenn dir morgen Abend danach ist, holen wir dich zum Essen ab und bringen dich zu deinem Lieblingsitaliener, zu Claudio. Der weiß, was du magst.

Ich werde durch den Wind sein.

Ich hoffe auf Rückenwind, mein Lieber. Im Übrigen wird dich übermorgen Katharina mit Karola besuchen. Du fehlst den beiden.

Endlich höre ich, wem ich fehle, und nicht, was mir fehlt.

Mailänder zog die Hand von Wengers Schulter. Du bist und bleibst unverbesserlich, Hannes. Er schob ihn zurück ins Zimmer.

Denk daran, dass du morgen einen Termin hast. Mit diesem unnötigen Satz verabschiedete sich sein Hausarzt.

Der Fahrer am nächsten Tag unterhielt ihn auf der kurzen Fahrt in die Klinik mit Pavarotti, nachdem er ihn über die ausklappbare Rampe mit dem Rollstuhl in den Wagen geschoben hatte. Er führte ihn hinein in die Station, erkundigte sich nach dem Zimmer und dem Bett, setzte ihn ab, nachdem er ihn samt Rollstuhl gewogen hatte.

Wenger bedankte sich zum Abschied für das Konzert.

Sagen Sie mir nur, wen Sie hören wollen, Di Stefano, Gigli, die Callas.

Ein Wunschkonzert also. Wenger winkte ihm hinterher.

Katharina und Karola kamen, wie versprochen, und luden ihn in die Eisdiele am Oeder Weg ein.

Die haben ein Supereis, Opa Hannes, bestimmt. Katharina riss an seiner Hose.

Pass auf, die kann kaputtgehen, Kind.

Gibt's nicht.

Bist du sicher?

Sie reagierte nicht, sondern pries die Qualität des Eises, Schokoladen- und Spaghettieis, super.

Er gab nach und war schon unterwegs.

Von den Bäumen und Sträuchern der kleinen Parkanlage unmittelbar am Straßenrand, hinter der Falafelbude, wehte eine kühle Brise her. Er lehnte sich zurück und schloss die Augen.

Schläfst du?, fragte Katharina.

Nein, ich genieße.

Da siehst du aber nichts.

Aber ich spüre.

Katharina schloss ebenfalls die Augen, hielt sich an ihrer Mutter fest. Ich spüre aber nichts.

Karola versuchte eine Erklärung: Opa Hannes ist viel älter als du, der spürt anders.

Das glaub ich aber nicht.

Gut, wir essen gleich Eis. Karola gab auf.

Während er das Eis – er hatte nur Fruchteis gewählt – genoss, überraschte er die ältere und die junge Dame mit der Bitte, ihn in der nächsten Zeit in Ruhe zu lassen, und das sollten sie auch Maländer ausrichten.

Eine seiner ironischen Attacken fürchtend, fragte Karola nicht, weshalb, und rühmte noch eine Weile die Qualität des Eises.

Sie brachten ihn nach Hause, ohne sich weiter mit ihm zu unterhalten. Wahrscheinlich nahmen Mutter und Tochter an, dass sein Verbot schon galt. Und sie spielten: Wir sind überhaupt nicht da. Vorm Lift verabschiedete er sich. Das Kind umarmte ihn, Karola küsste ihn auf die Stirn, und er ärgerte sich über seine vorgeschobene Unfreundlichkeit.

Die Ärzte hatten ihm nach der Entgiftung versichert, er werde sich mit der Zeit an die Dialyse gewöhnen. Das tat er nicht. Schon in den beiden ersten Wochen gelang es ihm kaum, sich an dem der Dialyse folgenden freien Tag zu erholen. Er schlief beim Lesen und beim Fernsehen ein, musste vom Essensboten oder den Helferinnen geweckt werden. Er hatte, was ihn am ärgsten wurmte, überhaupt nichts vom Tag. Mailänder, der ihn nach der verbotenen Woche sparsam besuchte, gab sich Mühe, ihn auf Spaziergängen aufmerksam und locker zu stimmen, und entdeckte für ihn den Wirtsgarten der »Stahlburg«.

Dort trieb es ihn hin, er suchte an einem Tisch einen freien Platz, schwieg vor sich hin und ließ das Gesicht und den Hals von der Luft streicheln, trank Weine in »beinahe« verbotener Menge. Manchmal sprach ihn einer der Gäste an, und er bekam Lust, schräg zu antworten.

Als ihn jemand fragte, wieso er den Rollstuhl brauche,

gab er sehr ernst zur Antwort: Ich bin vom Dach gefallen.

Echt?, fragte der neugierige Abendtrinker.

Echt, bekräftigte er. Vom Dach der Welt.

Sie verarschen mich. Das ist doch der Himalaja.

Ja, höher ist kein Dach.

Der Mann war nahe dran, ihn zu verprügeln. Er rüstete sich mit nach vorn geschobenen Schultern.

Da sitze ich eben im Rollstuhl, beschwichtigte Wenger, und habe meine Gründe.

Mit einem »Arschloch« rückte er von ihm ab.

Damit muss ich mich abfinden, sagte Wenger leise, sah sein verzerrtes Spiegelbild im Wein. Der Mann wechselte den Tisch.

Mailänder rief nur einmal an, erkundigte sich nach seinem Befinden und erklärte, er werde ihn in Ruhe lassen.

Er fühlte sich frei, nicht mehr den Zwängen der Pflege ausgesetzt, unternahm Ausflüge in den Holzhausenpark. Mitunter wurde er gegrüßt. Er gab einer, wie ihm schien, leichtfertigen Stimmung nach und hielt eine lautlose Rede.

Die Blutwäsche nahm ihn mit. Sie nahm ihm den Mut. Ihn trieb die Vorstellung um, jahrelang der Sklave dieser Überlebensmaschine zu sein. Mailänder ging mit Katharina und Karola in den Urlaub. Es kränkte Wenger, dass sie ihn nicht fragten, nicht mitnahmen.

Der Sommer wurde lang, und die Dialysen zehrten ihn aus. Verblüfft stellte er fest, dass ihm das Kind mehr fehlte als Mailänder. Die Pflegerinnen verschlissen ihre Freundlichkeit an ihm. Wenn es ihm danach war, forderte er sie durch eine Bemerkung oder eine unerwartete Bewegung auf, grob zu sein.

Die Freunde kamen braun gebrannt und mit Anekdoten, die ihn trösten sollten, zurück, luden ihn gleich am ersten Abend zu »Claudio« ein. Das Kind, auf dessen Anwesenheit er Wert gelegt hatte, saß müde und mürrisch dabei. Nach einem Viertel unerlaubtem Riesling ritt ihn der Teufel, und er bat, die anwesenden Damen nicht schonend, Mailänder: Erkläre mir, was passiert, wenn ich die Dialyse schwänze.

Mailänder lauschte mit schräg gestelltem Kopf der Frage nach und legte die Hände nebeneinander auf den Tisch: Das Blut wird nicht mehr gewaschen, das alte Gift sammelt sich in dir. Du erinnerst dich an deinen Zustand, bevor du entgiftet wurdest. Dein Bewusstsein trübt sich, du nimmst deine Umgebung kaum mehr wahr, schläfst, schläfst ein.

Und?

Es ist zu Ende.

Nein. Ich träume mich in den dunklen Saal, in dem mich diese Personen mit dem schwefelgelben Umriss erwarten.

Wie kommst du auf diesen Unsinn?

Aus Erfahrung, mein Lieber. Ich danke dir auf alle Fälle für diese hilfreiche Auskunft.

Er fuhr dieses Mal nicht, wie in den letzten Wochen, allein im Lift zur Wohnung, sondern begleitet von seinen Freunden. Mailänder, der vor ihm in dem engen Fahrstuhl Platz gefunden hatte, musterte ihn, und Wenger ahnte, dass er ihn noch zur Rede stellen würde. Das tat er. Die beiden Frauen warteten schon an der Zimmertür. War das dein Ernst vorhin?

Du weißt, Mailänder, ich habe Spaß an Gedankenspielen. Ernstgemeintes kann im Bodenlosen enden. Da bin ich mir meiner Träume sicher. Die haben einen Boden – festgestampft aus dem Schutt meiner Erinnerung.

Mailänder zog die Unterlippe unter die Oberlippe: Da hast du dich weise herausgeredet, Opa Hannes. Gute Nacht. So klang es auch zweistimmig von der Tür her.

Er musste Mailänder nach alledem einen Brief widmen. Nicht denken, wie alle seine Briefe, sondern schreiben und schicken. Er schrieb mit dem Füller. Die gelegentliche Unruhe seiner Hand drückte sich aus in ausholenden Bogen und Verknotungen.

Mailänder, Freund, Hausarzt und spät gefundener jüngerer Bruder,
 ich lebe inzwischen nach einem flachen Rhythmus, atme nicht durch, sondern hechele. Dennoch bin ich beinahe jeden Tag unterwegs, halte mich ans Wetter, immer dieselben Wege, den kürzeren zum Holzhausenpark, den längeren zur Bertramwiese. Einmal bin ich vorm Holzhausenschlösschen so tief eingeschlafen, dass mich zwei junge Frauen, die wussten, wo ich wohne, nach Hause schoben und ich erst auf-

wachte, als sie sich fragten, was sie nun mit mir anstellen sollten. Ich habe übrigens, während die beiden mich schoben, geträumt, jemand bringe mich im Rollstuhl nach Hause. Was mir beweist, dass für mich allmählich die Grenze zwischen Wirklichkeit und Traum fließend ist.

Ich habe euch gebeten, mich ein paar Tage in Ruhe zu lassen. Nun vermisse ich euch. Ich bräuchte auch Deinen ärztlichen Rat, wie ich der Schwäche nach der Dialyse entgegenwirken, ob es mir gelingen könnte, wieder sicherer auf den Beinen zu sein. Ich bin im genauen Sinne des Worts »hinfällig«. Wahrscheinlich, denke ich mir, würdest Du mich aufrichten, indem Du mir bestätigst, dass ich mit meinem Kopf noch »aufrecht« sei. Ich müsste Dir, wenigstens in diesem Augenblick, antworten, dass ich nahe daran bin, aufzugeben. Die Müdigkeit frisst meine Zuversicht.

Kennst du Bücher von Hermann Burger? Vor ein paar Tagen fiel mir, keineswegs zufällig, der Erzählband »Diabelli« in die Hand. Burger war einer, mit dem wir, Du und ich, über fließende Grenzen, über Grenzerfahrungen hätten streiten können. Ich lernte ihn vor Jahren im Schweizer Aarau kennen. Und habe ihn nie vergessen. Wenn ich ihn wieder lese, rede ich mit ihm.

Nach Aarau war ich gereist, da ich von einer Fachzeitschrift gebeten worden war, über eine architektonische Eigenheit der alten Stadt zu schreiben: die bemalten Unterseiten der Dachgiebel. So wanderte ich, dort angekommen, den Kopf im Nacken, durch die Gassen. Da stand er mir plötzlich im Weg. Ich sah in sein Gesicht, in dem Schatten nisteten und das durch sonderbare Asymmetrien gezeichnet war.

Grüezi, Herr Guck-in-die-Luft. Er verbeugte sich mit Grandezza. Ich grüßte zurück. Er sagte, was mir nicht sonderlich gefiel: Sie gefallen mir. Sie schauen sich die Giebel an. Sind Sie zum ersten Mal in Aarau?

Das sei ich, gab ich zur Antwort, und als ich meinen Beruf verriet, stoppte er, verneigte sich ein zweites Mal, stellte sich, als befände er sich am Rand einer Bühne, vor: Hermann Burger, Zauberer und Schriftsteller, Lehrer und Musiker, Stumpenraucher und Idiot.

Ich nannte ebenfalls meinen Namen. Dies war für Burger der Anstoß, mich zum Essen einzuladen und zuvor, damit mir die Giebel vielfarbig aus dem Kopf flögen, zu einer Fahrt in seinem offenen Porsche durch den Aargau. Auf die Höhen und in die Tiefen. Kommen Sie!

Seine Sprunghaftigkeit übertrug sich, ich spüre sie bis heute und sie macht mich jetzt noch nervös. Kommen Sie! Er packte mich am Arm, der Porsche stand nicht weit entfernt.

Ich kann Dir sagen, Mailänder, es war eine Fahrt auf Spitz und Knopf, eine Irrsinnsrunde durch den Aargau, und dazu noch der räsonierende Burger, der, wie er sagte, kein Haar auf den Glatzköpfen seiner Kollegen stehen ließ.

Mir war übel.

Hat Ihnen die Fahrt nicht behagt? Das ist ein wunderbares Auto.

Fliegen ist angenehmer.

Seien Sie nicht kleinlich.

In dem Restaurant wartete ein Kritiker aus München, der ein Interview mit Burger verabredet hatte. Burger stellte mich vor und bat in einem Atemzug, das Interview auf später zu verschieben. Der Kritiker willigte ein, rutschte auf seinem Stuhl aber hin und her, als wolle er aufbrechen.

Burger nahm einen Anlauf, ihn zu beruhigen: Was wollen Sie denn von mir wissen?

Sie haben den Traktat über die Selbsttötung geschrieben?

Das weiß ich.

Hat das einen Grund?

Darf ich Sie fragen, ob Sie manchmal nicht mit sich im Reinen sind?

Der Mann lächelte, sichtlich mühsam: Das schon.

Es sind Anfälle von Ekel. Die Ereignisse rundum können Ihnen aufs Gemüt schlagen. Der Erfolg kann Sie anekeln.

Ja, so ähnlich.

Das ist, Burger sog an seinem Stumpen, die Antwort eines Hypochonders.

Der bin ich auch.

Und woran leiden Sie eben?

Burger führte Gespräche, wie er Porsche und später Ferrari fuhr.

Schon einige Tage an heftigen Nackenschmerzen.

Das müsste Herr Wenger auch.

Der Journalist konnte nicht wissen, weshalb ich an einem Parallelschmerz litt. Burger dachte auch nicht daran, es zu erklären.

Jetzt sind wir an der Stelle, an der wir auseinandergehen. Er blies den Rauch der Zigarre in kunstvollen Löckchen vor sich hin: Sie leiden, Sie behaupten zu leiden. Ich hingegen trachte mein Leiden und mich abzuschaffen. Ich hatte einen Freund, einen vehementen Melancholiker von sechzig Jahren, der begab sich in Bern in die Psychiatrie, legte sich ins Bett, drehte sich zur Wand und hörte auf. Ein Beispiel, das mich rührte. Es ist das Bewusstsein, das entschlossen geleert und umgeleitet werden muss. Durch den Wörterfall, wie der Bach durch den Wasserfall.

Das versteh ich nicht.

Der Kritiker hatte eifrig mitgeschrieben.

Ich auch nicht, sagte Burger, erklärte abrupt das Interview für beendet und verabschiedete den Kritiker.

Ich blieb mit ihm zurück, fürchtete weitere suizidale Monologe, doch feinfühlig, wie dieser sonderbare und liebenswerte Mensch war, kam er noch einmal auf die Eigenheiten von Aarau zu sprechen, auf die Lüftlmalerei und auf den Dichter, über den er als Germanist gearbeitet habe: Paul Celan. Ich hörte ihm zu. Der trockene Weißwein stimulierte mich zu einer berauschten Aufmerksamkeit, wir versprachen uns ein Wiedersehen.

Selten – bis Du, Mailänder, kamst – habe ich einem Menschen mehr vertraut als diesem Zufallsbekannten.

Er ließ den Wagen stehen, begleitete mich zum Hotel. Zum Abschied umarmten wir einander, und ich stellte fest, dass er ganz und gar nach Stumpen roch.

Dann las ich, dass er auf dem Schloss, in dem er als Mieter des Herrn von Salis wohnte, tot aufgefunden worden war. Er habe Tabletten genommen, las ich und setzte den Satz für mich fort: Und drehte sich mit dem Gesicht zur Wand.

Umarme, lieber Mailänder, Deine beiden Damen, und sei selbst von Herzen gegrüßt und bedankt, denn ich verschwinde nun aus meiner, aus unserer Geschichte –

Nachwort

Am 10. Juli 2017 verstarb Peter Härtling in seinem vierundachtzigsten Lebensjahr nach längerer Krankheit, aber doch überraschend, buchstäblich über der Arbeit an seinem Roman »Der Gedankenspieler«. Das Manuskript hatte er bereits im Mai abgeschlossen und befand sich im Stadium der Überarbeitung, weitreichende Änderungen waren nicht mehr vorgesehen. Für ihn war es der 31. erzählerische Text, der als Buch veröffentlicht werden würde, für mich das achte Buch, das ich mit ihm bearbeiten durfte.

Unsere Zusammenarbeit begann im Jahr 2001 kurz nach Erscheinen des Künstlerromans »Hoffmann oder Die vielfältige Liebe«. Peter Härtling wandte sich nach zahlreichen autobiographischen Texten erstmals dem Projekt einer zusammenhängenden Autobiographie zu, »Leben lernen. Erinnerungen«. Mir war klar, dass der Autor mir auch in dieser Hinsicht unendlich viel voraus hatte. Diesen Erfahrungsvorsprung, der vor allem auch die Arbeit an und mit literarischen Texten betraf, hat er mir als seinem damals jungen Lektor gegenüber nie ausgespielt, sondern immer produktiv gemacht. Stets hat er mich ermuntert, ihm und seinen Texten wohlwollend-kritisch zu begegnen und mit Anmerkungen, Hinweisen und Veränderungswünschen nicht hinterm Berg zu halten. Dass das keine leere Ansage, sondern gelebte Praxis war, erlebte ich dann bei all seinen weiteren Manuskripten, die mich im Laufe unserer sechzehnjährigen Zusammenarbeit erreichten – immer als abgeschlossene Fassung, der mehrere bereits auf unterschiedliche Weise niedergeschriebene beziehungsweise diktierte Versionen vorangegangen waren. Deren letzte war das von seiner Frau Mechthild in den Computer getippte und bereits korrigierte Word-Dokument, an dessen Bearbeitung ich mich dann machen durfte, bevor ich zu ihm in den Finkenweg 1 in Mörfelden-Walldorf fuhr, um dort am Esstisch alles mit ihm durchzusprechen.

Auf diese Weise erschienen bei Kiepenheuer & Witsch nach »Leben lernen« die erzählerischen Texte »Die Lebenslinie. Eine Erfahrung«, »Das ausgestellte Kind. Mit Familie Mozart unterwegs«, »O'Bär an Enkel Samuel. Eine Erzählung in fünf Briefen«, »Liebste Fenchel. Das Leben der Fanny Hensel-Mendelssohn in Etüden und Intermezzi«, »Tage mit Echo. Zwei Erzählungen« und »Verdi. Ein Roman in neun Fantasien«.

An Ideen, Phantasie und Schaffenskraft hat es Peter Härtling also nie gemangelt, an den gesundheitlichen Voraussetzungen für eine kontinuierliche Schreibtätigkeit aber leider immer wieder. Schon die Veröffentlichung von »Leben lernen« hätte er beinahe nicht erlebt, »Die Lebenslinie« erzählt von der Herzerkrankung, die dafür verantwortlich war, wie auch schon Jahre zuvor der autobiographische Roman »Herzwand«.

Die Auseinandersetzung mit seinem sich verschlechternden Gesundheitszustand, vor allem bedingt durch eine sich verschärfende Diabetes und damit einhergehende Urämie, die in den letzten fast zwei Lebensjahren eine dreimal wöchentlich stattfindende Dialyse erforderlich machte, ist auch in »Der Gedankenspieler« eingegangen. Die Intensität dieser Erfahrung hat Peter Härtling sicher zu dem Arbeitstitel »Schwefelgelbes Endspiel« gebracht. Mir war dagegen bei der zweiten Lektüre des Manuskripts bereits ein Motiv aufgefallen, das den Protagonisten Wenger, das Alter Ego von Peter Härtling, charakterisiert und mit seinem Autor verbindet: die Lust an der Reise in Gedanken, sowohl zeitlich als auch räumlich. An einer Stelle fällt im Text für Wenger auch die treffende Bezeichnung *der Gedankenspieler*. So sahen sein Verleger Helge Malchow und ich uns nach Rücksprache mit seiner Witwe dazu ermächtigt, Härtlings letzten Roman unter diesem Titel zu veröffentlichen.

Was den Text betrifft, so hatte ich das Glück, noch rechtzeitig ein ganztägiges Lektoratsgespräch mit Peter Härtling geführt zu haben, doch hatten wir uns dabei auf die großen Linien, die Figurenentwicklung und einzelne Motive konzentriert. Dabei hatten wir Änderungen vereinbart, die er in den Folgewochen ausführte und mir in einer neuen Fassung des Textes zukommen ließ, doch konnte die nächste Phase der Bearbeitung, die minutiöse Arbeit an der Mikrostruktur, nicht mehr stattfinden. Mir blieb nichts anderes übrig, als mir größte Zurückhaltung aufzuerlegen und in Absprache mit Helge Malchow und Mechthild Härtling nur noch offenkundige Wiederholungen und Redundanzen zu eliminieren, einige unnötig sperrige Formulierungen zu glätten und Anschlussfehler zu beseitigen.

Anders verhält es sich mit einer Auffälligkeit des Textes, die sich, wie wir es interpretierten, genau der titelgebenden Neigung Wengers zu Gedankenspielen verdankt. Im Laufe des Romans entwickelt er vor allem in gedachten oder geschriebenen Briefen voneinander abweichende, sich sogar widersprechende Versionen seiner Lebensgeschichte. Einige Elemente daraus decken sich mit der Lebensgeschichte seines Autors, aber es ergibt sich keine kohärente Biographie, sondern ein Nebeneinander verschiedener Lebensläufe. Statt hier zu vereinheitlichen, was einen massiven Eingriff und gleichzeitig eine fragwürdige Vereindeutigung bedeutet hätte, haben wir uns dazu entschlossen, diese genuin literarische Mehrdeutigkeit zu erhalten. Kleine Streichungen nahmen wir nur an Stellen vor, bei denen sich innerhalb einer Geschichte Widersprüche ergaben. Darüber hinaus haben wir alles so belassen, wie Peter Härtling es in seiner letzten Fassung des Romans geschrieben hat.

Vor Ihnen liegt also nicht eine »Ausgabe letzter Hand«, sondern eine im Sinne des Autors geringfügig bearbeitete Fassung. Wir hoffen, damit Peter Härtling einen letzten Dienst erwiesen und Ihnen die bestmögliche Voraussetzung für eine intensive und anteilnehmende Lektüre geschaffen zu haben.

München, d. 1. 11. 2017   Olaf Petersenn

Peter Härtling schreibt mit seinen Künstlerbiografien Literaturgeschichte

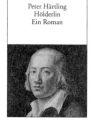

ALLE LIEFERBAREN TITEL, INFORMATIONEN UND SPECIALS
FINDEN SIE ONLINE

www.dtv.de   dtv

»Das Schreiben ist
für mich wie eine aus
dem Innern kommende
Lebensbewegung.«

Peter Härtling

ALLE LIEFERBAREN TITEL, INFORMATIONEN UND SPECIALS
FINDEN SIE ONLINE

www.dtv.de dtv

»MICHAEL KÖHLMEIER
ist einer der vielseitigsten deutschen Autoren, ein grandioser Geschichtenerzähler.«

Luzia Braun in ›ZDF Das blaue Sofa‹

ALLE LIEFERBAREN TITEL, INFORMATIONEN UND SPECIALS
FINDEN SIE ONLINE

www.dtv.de dtv

»Mitten im Schreiben
lerne ich, wie ich leben muss.«
Arno Geiger

ALLE LIEFERBAREN TITEL, INFORMATIONEN UND SPECIALS
FINDEN SIE ONLINE

www.dtv.de dtv

»Peter Henisch ist der Glücksfall eines Autors, in dessen literarischen Gebäuden die Türen zwischen Politik und Fantasie, zwischen Ernst und Schrägheit offen stehen.«
Ursula März in ›Die Zeit‹

ALLE LIEFERBAREN TITEL, INFORMATIONEN UND SPECIALS FINDEN SIE ONLINE

www.dtv.de dtv

»INGO SCHULZE
gehört wirklich zu den ganz Großen
unserer gegenwärtigen Literatur.«

Frankfurter Rundschau

ALLE LIEFERBAREN TITEL, INFORMATIONEN UND SPECIALS
FINDEN SIE ONLINE

www.dtv.de dtv

»BRIGITTE KRONAUER
ist die beste Prosa schreibende Frau der Republik.«

Marcel Reich-Ranicki

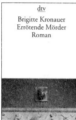

ALLE LIEFERBAREN TITEL, INFORMATIONEN UND SPECIALS
FINDEN SIE ONLINE

www.dtv.de

»GENAZINO
macht glücklich.«
Anne Haeming in ›Spiegel online‹

ALLE LIEFERBAREN TITEL, INFORMATIONEN UND SPECIALS
FINDEN SIE ONLINE

www.dtv.de

»ERNST AUGUSTIN
entwöhnt uns angenehm des Alltags.«
Frankfurter Rundschau

ALLE LIEFERBAREN TITEL, INFORMATIONEN UND SPECIALS
FINDEN SIE ONLINE

www.dtv.de dtv

MEHR VON BESTSELLER-AUTOR
UWE TIMM

BESUCHEN SIE UNSER AUTOREN-SPECIAL:
www.uwe-timm.de

www.dtv.de